·阅读，与最好的自己相遇·

张晓风散文精选

Zhang Xiao Feng
张晓风 著

为青少年读者
量身打造的经典读本

长江出版传媒 | 崇文书局

图书在版编目（CIP）数据

张晓风散文精选 ：青少版 / 张晓风著 .
—武汉 ：崇文书局，2019.5
ISBN 978-7-5403-4385-9

Ⅰ. ①张…
Ⅱ. ①张…
Ⅲ. ①散文集—中国—当代
Ⅳ. ① I267

中国版本图书馆 CIP 数据核字（2017）第 093579 号

张晓风散文精选：青少版

责任编辑　高　娟
出版发行　长江出版传媒｜崇文书局
地　　址　武汉市雄楚大街 268 号 C 座 11 层
电　　话　(027)87293001　邮政编码　430070
印　　刷　武汉众益源印务有限公司
开　　本　640mm×900mm　1/16
印　　张　18.125
字　　数　175 千字
版　　次　2019 年 5 月第 1 版
印　　次　2019 年 5 月第 1 次印刷
定　　价　29.80 元

（如发现印装质量问题，影响阅读，请与承印厂调换）

目录

春之怀古

春之怀古

愿我的生命也是这样的，没有太多绚丽的春花，

没有太多飘浮夏云，没有喧哗，没有旋转的五彩，

只有一片安静纯朴的白色，只有成熟生命的深沉与严肃，

只有梦，像一树红枫那样热切殷实的梦。

春之怀古

春天必然曾是这样的：从绿意内敛的山头，一把雪再也撑不住了，扑哧的一声，将冷面笑成花面，一首澌澌然的歌便从云端唱到山麓，从山麓唱到低低的荒村，唱入篱落，唱入一只小鸭的黄蹼，唱入软溶溶的春泥——软如一床新翻的棉被的春泥。

那样娇，那样敏感，却又那样混沌无涯。一声雷，可以无端地惹哭满天的云；一阵杜鹃啼，可以斗急了一城杜鹃花；一阵风起，每一棵柳都吟出一则则白茫茫、虚飘飘说也说不清、听也听不清的飞絮，每一丝飞絮都是一株柳的分号。反正，春天就是这样不讲理、不逻辑，而仍可以好得让人心平气和。

春天必然曾经是这样的：满塘叶黯花残的枯梗抵死苦守一截老根，北地里千宅万户的屋梁受尽风欺雪压犹自温柔地抱着一团小小的空虚的燕巢。然后，忽然有一天，桃花把所有的山村水廊都攻陷了。柳树把皇室的御沟和民间的江头都控制住了——春天有如旌旗鲜明的王师，因长期虔诚的企盼祝祷而美丽起来。

而关于春天的名字，必然曾经有这样的一段故事：在《诗经》之前，在《尚书》之前，在仓颉造字之前，一只小羊在啮草时猛然感到的多汁，一个孩子在放风筝时猛然感到的飞腾，一双患风湿痛的腿在猛然间感到的舒活，千千万万双素手在溪畔在塘畔在江畔浣纱的手所猛然感到的水的血脉……当他们惊讶地奔走互告的时候，他们决定将嘴噘成吹口哨的形状，用一种愉快的耳语的声音为这季节命名——“春”。

鸟又可以开始丈量天空了。有的负责丈量天的蓝度，有的负责丈量天的透明度，有的负责用那双翼丈量天的高度和深度。而所有的鸟全不是好的数学家，他们叽叽喳喳地算了又算，核了又核，终于还是不敢宣布统计数字。

至于所有的花，已交给蝴蝶去数。所有的蕊，已交给蜜蜂去编册。所有的树，已交给风去纵宠。而风，也早已交给檐前的老风铃去一一记忆、一一垂询。

春天必然曾经是这样，或者，在什么地方，它仍然是这样的吧？穿越烟囱与烟囱的黑森林，我想走访那踯躅在湮远年代中的春天。

秋天·秋天

满山的牵牛藤起伏，紫色的小浪花一直冲击到我的窗前才猛然收势。

阳光是耀眼的白，像锡，像许多发光的金属。是哪个聪明的古人想起来以木像春而以金像秋的？我们喜欢木的青绿，但我们怎能不钦仰金属的灿白？

对了，就是这灿白，闭着眼睛也能感到的。在云里，在芦苇上，在满山的翠竹上，在满谷的长风里，这样乱扑扑地压了下来。

在我们的城市里，夏季上演得太长，秋色就不免出场得晚些。但秋天是永远不会被混淆的——这坚硬明朗的金属季。让我们从微凉的松风中去认取，让我们从新刈的草香中去认取。

已经是生命中第二十五个秋天了，却依然这样容易激动。正如一个诗人说的。

“依然迷信着美。”

是的，到第五十个秋天来的时候，对于美，我怕是还要这样执迷的。

那时候，在南京，刚刚开始记得一些零碎的事，画面里常常出现一片美丽的郊野，我悄悄地从大人身边走开，独自坐在草地上，梧桐叶子开始簌簌地落着，簌簌地落着，把许多神秘的美感一起落进我的心里来了。我忽然迷乱起来，小小的心灵简直不能承受这种兴奋。我就那样迷乱地捡起一片落叶。叶子是黄褐色的，弯曲的，像一只载着梦的小船，而且在船舷上又长着两粒美丽的梧桐子。每起一阵风我就在落叶的雨中穿梭，拾起一地的梧桐子。必有一两颗我所未拾起的梧桐子在那草地上发了芽吧？二十年了，我似乎又能听到遥远的西风，以及风里簌簌的落叶。我仍能看见那些载着梦的船，航行在草原里，航行在一粒种子的希望里。

又记得小阳台上黄昏，视线的尽处是一列古老的城墙。在暮色和秋色的双重苍凉里，往往不知什么人加上一阵笛音的苍凉。我喜欢这种凄清的美，莫名所以地喜欢。小舅舅曾带着我一直走到城墙的旁边，那些斑驳的石头，蔓生的乱草，使我有一种说不出的感动。长大了读辛稼轩的词，对于那种沉郁悲凉的意境总觉得那样熟悉，其实我何尝熟悉什么词呢？我所熟悉的只是古老南京城的秋色罢了。

后来，到了柳州，一城都是山，都是树。走在街上，两旁总夹着橘柚的芬芳。学校前面就是一座山，我总觉得那就是地理课本上的十万大山。秋天的时候，山容澄清而微黄，蓝天显得更高了。

“媛媛，”我怀着十分的敬畏问我的同伴，“你说教我们美术的龚老师能不能画下这个山？”

“能，他能。”

“当然能，当然，”她热切在喊着，“可惜他最近打篮球把手摔坏了，要不然，全柳州、全世界他都能画呢。”

沉默了好一会。

“是真的吗？”

“真的，当然真的。”

我望着她，然后又望着那座山，那神圣的、美丽的、深沉的秋山。

“不，不可能。”我忽然肯定地说，“他不会画，一定不会。”

那天的辩论会后来怎样结束，我已不记得了。而那个叫媛媛的女孩和我已经阔别了十几年。如果我能重见到，我仍会那样坚持的。

没有人会画那样的山，没有人能。

媛媛，你呢？你现在承认了吗？前年我碰到一个叫媛媛的女孩子，就急急地问她，她却笑着说已经记不得住过柳州没有了。那么，她不会是你了。没有人能忘记柳州的，没有人能忘记那苍郁的、沉雄的、微带金色的、不可描摹的山。

而日子被西风刮尽了，那一串金属性、有着欢乐叮当声的日子。终于，人长大了，会念《秋声赋》了，也会骑在自行车上，想象着陆放翁“饱将两耳听秋风”的情怀了。

秋季旅行，相片册里照例有发光的记忆。还记得那次倦游回来，坐在游览车上。

“你最喜欢哪一季呢？”我问芷。

“秋天。”她简单地回答，眼睛里凝聚了所有美丽的秋光。

我忽然欢欣起来。

“我也是，啊，我们都是。”

她说了许多秋天的故事给我听，那些山野和乡村里的故事。她又向我形容那个她常在它旁边睡觉的小池塘，以及林间说不完的果实。

车子一路走着，同学沿站下车，车厢里越来越空虚了。

“芷，”我忽然垂下头来，“当我们年老的时候，我们生命的同伴一个个下车了，座位慢慢地稀松了，你会怎样呢？”

“我会很难过。”她黯然地说。

我们在做什么呢？芷，我们只不过说了些小女孩的傻话罢了，那种深沉的、无可奈何的摇落之悲，又岂是我们能了解的。

但，不管怎样，我们一起躲在小树丛中念书，一起说梦话的那段日子是美的。

而现在，你在中部的深山里工作，像传教士一样地工作着，从心里爱那些朴实的山地灵魂。今年初秋我们又见了一次面，兴致仍然那样好，坐在小渡船里，早晨的淡水河还没有揭开薄薄的蓝雾，橹声琅然，你又继续你山林故事了。

“有时候，我向高山上走去，一个人，慢慢地翻越过许多山岭。”你说，“忽然，我停住了，发现四壁都是山！都是雄伟的、插天的青色！我吃惊地站着，啊，怎么会那样美！”

我望着你，芷，我的心里充满了幸福。分别这样多年了，我们都无恙，我们的梦也都无恙——那些高高的不属于地平线上的梦。

而现在，秋在我们这里的山中已经很浓很白了。偶然落一阵秋雨，薄寒袭人，雨后常常又现出冷冷的月光，不由人不生出一种悲秋的情怀。你那儿呢？窗外也该换上淡淡的秋景了吧？秋天是怎样地适合故人之情，又怎样地适合银银亮亮的梦啊！

随着风，紫色的浪花翻腾，把一山的秋凉都翻到我的心上来了。我爱这样的季候，只是我感到我爱得这样孤独。

我并非不醉心春天的温柔，我并非不向往夏天的炽热，只是生命应该严肃、应该成熟、应该神圣，就像秋天所给我们的一样——然而，谁懂呢？谁知道呢？谁去欣赏深度呢？

远山在退，遥远地盘结着平静的黛蓝。而近处的木本珠兰仍香着，（香气真是一种权力，可以统辖很大片的土地。）溪小从小夹缝里奔窜出来，在原野里写着没有人了解的行书，它是一首小令，曲折而明快，用以描绘纯净的秋光的。

而我的扉页空着，我没有小令，只是我爱秋天，以我全部的虔诚与敬畏。

愿我的生命也是这样的，没有太多绚丽的春花，没有太多飘浮夏云，没有喧哗，没有旋转的五彩，只有一片安静纯朴的白色，只有成熟生命的深沉与严肃，只有梦，像一树红枫那样热切殷实的梦。

秋天，这坚硬而明亮的金属季，是我深深爱着的。

秋光的涨幅

绿竹笋，我觉得它是台湾最有特色的好吃的笋子，这话其实也没有什么特别根据。孟宗笋细腻芬芳，麻竹笋硕大耐嚼，桶笋幼脆别致，但夏天吃一道甘冽多汁的绿竹冰笋，真觉得人生到此，大可无求了。

然而，好吃的绿竹笋只属于夏日，像蝉、像荷香、像艳丽的凤凰花……秋风一至，便枯索难寻。

但由于暑假人去了北美，等回到台北，便急着补上这夏天岛屿上的至美之味，那盛在白瓷碗中，净如月色如素纨如清霜的绿竹笋。

我到菜市场上，绿竹笋六十元一斤，笋子重，又带壳，我觉得价钱太贵。

“哎，就快没了，”卖菜妇说，“要吃就要快了。”

我听她的话，心中微痛，仿佛我买的货物不是笋子，而是什么转眼就要消逝的东西，如长江鲥鱼，如七家湾的樱花吻鲑，如高山上的云豹……就要没了。啊，属于我的这一生，竟需要每天去和某种千百万年来一直活着的生物说“再见”。啊，我们竟是来出席告别仪式的吗？

绿竹笋很好吃，一如预期。

第二个礼拜，我又去菜市场，绿竹笋仍在，这次却索价七十元一斤了。第三个礼拜是八十元，最近一次，再问价，竟是九十元。

这让我想起二十年前，有一位美国博物学家艾文温·第尔，他和妻子在二月末从佛罗里达出发，做了一个和中国词人说法相反的实验。宋词中说：“若到江南赶上春，千万和春住。”他们夫妻二人却自己开着车往北走，竟然打起与春天同时北进的算盘，而且，连春天的步行速度也被他们窥探出来了。原来，春天是以每天十五英里的速度往北方挺进的。他们一路走，走到六月，到了加拿大边境才歇了下来。好一趟偕春北进的壮举。

原来，“春天的脚步”这句话不是空话，它是真有其方向，真有行速，甚至真的可以尾随追踪。

同样的，我的盛夏也是可以用价钱来估量的，在绿竹笋一路由三十而四十而九十的时候，我的盛夏便成轻烟一缕。

也许极热极湿极气闷，也许还不时遭我骂一声“什么鬼天气”，但毕竟也是相遇一场，我会记得这阳光泼旺的长夏。

绿竹笋想来会在贵道极点的时候戛然消失。秋天会渐深渐老，以每周十元的涨幅来向我索价。

山的春、秋记事

一　山坳里的春之画展

春天，我们应邀去看画展，邀请的人是太鲁阁“国家公园”管理处的处长，但我宁可视他为画廊经纪人。据说上一档展出的是油菜花，这一档则是桃花，作者都是同一个，名字叫“造化”。作者的脾气一向执拗，从来不肯宣布确实的展期，你只能约略知道似乎有动静了，甚至快要揭幕了，正在大家争相走告猜疑不定之际，忽然某个晴和的早晨，繁花满畦，你知道展览已经开始了。

其实更应该一提的也许是这画廊，百仞青山，千里涧水，勤读的清风翻阅每一页翠绿，照明设备则只架两盏大灯，白天的那盏叫太阳，晚上的那盏叫月亮，终年展出，日夜不休。

只是画廊太长、太大、太深，这等手笔太不符合经济效益了吧？我们从清晨出发，一路走到中午，桃花才迟迟来入眼——人惊喜的是上档的油菜花尚未完全收起，这一档的桃花已经推出。桃花挂得高些，油菜花铺得低些，一个展览场竟作两番同步地展出，构想倒也新奇大胆。

这个地方叫陶塞村，和陶塞溪的河床相去不远，两个地方倒好像历史上的李白与杜甫或者苏东坡与姜白石，因为有其同样优美的才质，所以不知不觉拼命追求相异的面貌：

陶塞村在四月是粉红色的寝宫，桃花林下一路行来，只觉淡淡的胭脂在眉颊在歌啸在若有若无的风里晕开。

陶塞溪则相反，唯恐色调不够沉郁浑厚：黑色的巨石森森垒垒，起先你不知道何以要下笔如此滞重，及至坐久了，看那鲜碧如琉璃的急流一路喷沫含烟地往前蹿去，不免顿悟，非如此老老实实的纯洁黑色不足以托住那跳脱如仙裾的薄绿。

陶塞村的路径曲曲折折地往山头蜿蜒。

陶塞溪的水流一去无悔地往低处倾泻。

陶塞村是施了法的城堡，桃花在幻象中且开且落，寂然无声。连蜂媒蝶使也都似着了魔法，在催眠状态下往往返返。

陶塞溪却是一首永不歇拍的哗然长歌。水是永不迸断的琴弦，山是永不摧坏的雁柱。一切凹入的岩穴谷地皆成共鸣箱，一切奇拔突起的山势皆如鼓钹镗锘，沸然扬声。

陶塞村与陶塞溪是如此相倚相重，而又如此刻意相反相成——如果你只识其中一个会觉得两者各自浑然无瑕，但如果认识了两个，便不免觉得两者如果少掉一个必是憾事。陶塞溪是护城河，圈住山头一片美的营垒，没有陶塞溪则城池不固。而桃花则是故垒中的公主，有了她，陶塞溪守护的职守才有其可以夸称的意义。

桃花其实年年重复，但却无一枝无一朵无一瓣无一蕊抄袭旧作。我见桃下有块苔痕斑斑的大石，便把麂皮旅行袋权作枕头横卧仰观，同伴因贪看溪景一时未至，我便独霸整个桃林的风光。桃花宜平视，亦宜仰望，平观是艳色潋滟，仰观则成法相庄严。当然，如果乘坐小飞机俯视亦无不可，但俯视却有点像神话故事里的云端童子，对着人间转眼零落的繁红盛绿，恐怕总不免惘然有泪吧？

——所以最好的应该是仰视了。闻说大匠米开朗琪罗一生画教堂壁画，画到圆穹高处，只好翻身仰首而画，及至晚年，竟成习惯性的“仰面人”。人生能留下这样一个姿势，真是够凄凉也够豪壮了。

仰看桃花弥天漫地，在这悠悠如青牛的大石上，我觉得自己既是置身花事之中，又仿佛置身花事之外。繁花十里如火如荼之际，亦自娴静贞定。那红色真红得危险，那桃红再加热一度即可焚身，再冷凝一度又不免道学气，这四月桃花却行险侥幸，刚好在其间得大优游大自在。《诗经》中的桃花是男婚女嫁的情缘，民间传说中的桃枝却又可以驱鬼，而在王母娘娘的果园里垂其芬郁圆熟的也是此桃，想来这桃竟是可仙可道可以人世亦可以伏魔的异物。

故事中的汉武帝在七月七日深夜得见西王母，吃了两枚桃子，悄悄留下桃核想要去种，西王母笑了（大约还带着促狭的神气吧），她说：“那桃三千年才结一次哩！你留着种子干吗？”

对于渴望成仙不朽的汉武帝而言，一切都来不及了，三千年结一次的桃，不是凡人可种来吃的。想来三千年间应该是一千年成树，两千年着花，三千年结果吧？假如当年汉武帝不甘心之余仍然偷偷在海上仙山种下它，至今刚好两千年，我该刚好赶上看了吧？其实仙桃之花也无非等于今年四月村子里此时此刻的桃花，或者此花本即仙种吧？但慧绝亦复痴绝的凡人刘彻呵，他为什么始终不能明白，人的不朽不在于食桃，而在于定目凝视那万千纷纭起落之余的一念敬畏。人能一旦震慑于美的无端无涯，威服于生命的涌动生发，亦即他终于近道之刹那了。

一阵风过处，汉唐渐远，急红入须，一照面之下彼此都知道对方是过眼的繁华吧？至于那乱落入书的，和诗行互映互衬之余都了解自己是宿慧一现吗？而桃花终于成为书本上的朱砂手批。桃花也是整个中国山川的点点朱批吧？

下山以后，电话里蒋勋说：“我一直记得那条路，那天你的车在前，我的车在后，你斜欠着身子坐在后座，衣服在树下隐隐泛蓝，让我想起从前在台湾乡下，女孩子穿件蓝布衣裳，被人载着去出嫁。”

“他什么不好想，却想到要我去出嫁？”电话里我跟慕蓉转述，一面大笑，“我那时坐在人家摩托车后座，左边是时有落石的峭壁，右边是万丈深渊，自危都来不及呢，怎么会像出嫁！哎，而且叫我嫁给谁呢？嫁给春天吗？”

关于四月，关于桃花，每次在我乍然想起，几乎怀疑它们是虚构情节的时候，因为有朋友那番话，使我相信它是确实发生过的。

二　站在因月光而超载的危桥上

那地方叫文山，我们当时都站在吊桥上，一边一排，两相对立。月亮升上来，山林隐隐骚动起来，事情就这么单纯，可是我们却哗然一声静了下来，我说哗然，是因为那凝静里有着更巨大的喧哗。

使万物清朗的是秋天，化幽隐为透明的是满月，桥因超载月光而成为危桥，但我深深爱上那份危险。

我们站在吊桥上，你知道，所谓吊桥，就是一侧有山，另一侧也有山，而且下面还有溪涧深渊的那种东西。当时月亮亮得极无情，水亦流得极刚猛决然，人在桥上，虽然仗着人多势众，也不得不惶然凄然。我觉得自己像一只蜘蛛，垂悬在上不着天，下不着地的太虚里，不同的是蜘蛛自己结网，我却只能把生命交给那四根铁索。铁索微微晃漾，我也并不觉得不踏实，生命多少是一场走钢索，别人替你不得，别人扶你不得，你只能要求自己在极惊险的地方走得极漂亮稳当。和钢索相比，吊桥已够舒坦。山和山是安定的名词，吊桥是其间诚恳的连接词，而我，我是那欲有所述的述语。

只是一群人，只是一群人站在深山的吊桥上，只是那天晚上刚好有秋天圆满的月亮——就这么简单，可是，不止啊，我说不清楚，我能说的只是舞台布景，至于述之不尽的满溢的悲喜和激情，却又如何细说？

记得有次坐火车慢车赴屏东，车上有个枯干憔悴的男人，看样子是高山族，而且智力显然有障碍。但因他只自顾自地咿咿喔喔而并无攻击性，大家也就各自打盹发呆不去理他。不料忽然之间，车子一转，天际出现一道完整的彩虹，仿佛天国的拱门，万种华彩盈眉喷面而来。可怜那男子一跃而起，目瞪口呆，他在一个车厢里喜得前奔到后，后奔到前，去拉每个乘客的衣服，嘴里只会“啊——啊啊——啊——啊”地狂呼，手指却兴奋发抖反复直指那道长虹，他要每个人知道这开天辟地以来的第一次神迹。

知识有什么用呢？知识使人安然夷然，说：

“这是虹，因阳光折射而成，包含七种颜色。”

而那男子却因无知无识，亦无一个词眼一个句子可用，因而反倒可以手指直呼，直逼真相。他不假任何知识或成见去认识虹，他更没有本领向任何人讲述虹的知识，他当时大惊小怪，在车厢里失态乱叫的语言如果翻译出来也只是：“快看、快看，我看到一个东西很好看，你也快看！”

但不知为什么，以后每看到虹，一切跟虹有关的诗歌、神话、传说都退远了，只剩那智障男子焦虑乱促的叫声，仿佛人被逼急了，不得不做出的紧急反应，他被什么所逼呢？是被那一道艳于一道的七叠美丽吗？

和那男子相比，我也有智力障碍吧？此时此际，月出自东山，月涌于深涧，众人在月下站着，亦复在月上站着。我欲寻一语不得，恨不得学那人从桥头跑到桥尾，从桥尾奔回桥头，手指口呼，用最简单最原始的“啊——啊啊——啊”来向世人直指这一片澄澈的天心。

又记得小时候和同伴月下嬉玩，她忽然说：

“你不可以指月亮，不然手指头会烂。”

“胡说！”我有点生气，“不信你明天看我手指烂不烂。”当时虽然嘴硬，心里却不免兀自害怕，第二天看见自己十指俱全，竟有点劫后余生的欣喜。

事隔多年，如果今天再有孩子来问我，我会说：

“月亮可以用手指头‘指’，但万万不可以用言语‘指述’。”

真的不可指述，因为一说便错。

所以颠来倒去，我只能反复说，曾有一个晚上，秋月圆满无憾，有一群人站在群山万壑之间的一线凌虚架空的吊桥上。当时，桥上是月，桥下亦是月（如果要列得更明细一点，桥上的月是固体的，桥下的月是流体的，反映在眉目衣袂间的则是气体的玉辉），众人哑然，站在那条挂向两山间的悬空吊桥上，一如他们的一生，吊在既往和未知之间扯紧的枯绳上。

三　神出鬼没的山

如果我说“那些神出鬼没的山”，你会以为我在撒谎吗？

古人用词，实在有其大手段，例如他们喜欢用“明灭”。像王维说“寒山远火，明灭林外”倒还合理。韦应物诗“寒树依微远天外，夕阳明灭乱流中”也说得过去。但像杜甫说“回首凤翔县，旌旗晚明灭”就不免有印象派的画风，旗帜又不是发光体，如何忽明忽暗？柳宗元的游记大着胆子让风景成为“斗折蛇行，明灭可见”，朱敦儒的词更认为“千里水天一色，看孤鸿明灭”，仿佛那只鸟也带着闪光灯似的。

大概凡是美的事物，都有其闪烁迷离的性格，不但夕阳远火可以明灭，一切人和物都可以在且行且观的途中乍隐乍现，忽出忽没，而它的动人处便在这光线和形体的反复无常吧？山势亦然，闪烁飘忽处，竟如武林高手在逞其什么怪异的扑朔迷离的游走身法。你欲近不得欲远不得，忽见山如伏虎，忽闻水如飞龙。你如想拿笔记录，一阵云来雾往，仿佛那性格古怪的作者，写不上两行就喜欢涂上一堆“立可白”，把既有的一切来个彻底否认。一时之间山不山，水不水，人不人，我不我，叫人不仅对山景拿捏不定，回头对自己也要起疑了。

所以，如果我说那“神出鬼没的山”其实是很诚实地。

那天清晨，来到这断崖崩壁前，朋友们拿起画笔时，我心里充满恶作剧的欲望。

“我在想，如果找到一根大棍子，我把你们每个人一棒槌打昏放在大麻袋里，神不知鬼不觉地把你们拖来这山上，”我一面说，一面盘算，自己高兴得大笑大叫，“然后骗你们说你们被绑架了，这里是四川了，这里便是李白《蜀道难》里‘连峰去天不盈尺……砯崖转石万壑雷’的绝高绝美的地方，我相信你们个个都会相信。我骗你们说这里就是‘峨眉天下秀’，我骗你们说，这里就是‘可以横绝峨眉巅’的地方，你们绝对会相信，只要我找到一根大棍子，把你们一个个先打昏……”

“你这人也真奇怪，好端端的，为什么满心只想找根大棍子把我们一个个打昏……”蒋勋说得无限委屈，好像我真的手里握着大棍子似的。

对啊，我为什么如此杀气腾腾？只因在山里住了几天，就平添出山大王的草莽气味来了吗？不对，不对，我这根大棍子非比寻常，是老僧手里那“棒喝”之棒。一棍下去，结结实实，让人经过“震荡”以后，整个惊醒过来。我其实哪里是要打他们，我只是生气有人活到今天还不知道自己身在台湾可以纵目看到一流山水，我是个不时拿棒子打自己的人，我时时问自己：

“你能不能放弃那个旧我和旧经验，用全新的眼睛来看这个世界？”

巨幅的悬崖近乎黑色，洁净无瑕，和山民的皮肤同色调同肌理，看来是系出一个血源了。山与山耸立，森森戟戟如铜浇铁铸，但飞奔的碧涧却是个一缰在握的少年英雄，横冲直撞，活活地把整片的山逼得左右跳开，各自退出一丈远，一条河道于是告成。但这场战争毕竟也赢得辛苦，满溪都是至今犹腾腾然的厮杀的烟尘和战马的喷沫……

同伴写生，我则负责发愣发痴，对于山水，我这半生来做的事也无非只是发愣发痴而已——也许还加一点反刍。其实反刍仍等于发愣，那是对昨日山水的发愣，坐在阳光下，把一路行来的记忆一茎一茎再嚼一遍，像一只馋嘴的羊。我想起白杨瀑布，竟那样没头没脑从半天里忽然浇下一注素酒，你看不出是从哪一尊壶里浇出来的，也看不懂它把琼浆玉液都斟酌到哪里去了。你只知道自己看到那美丽的飞溅，那在醉与不醉间最好的一段醺意。我且想起，站在桥墩下的巨石上，看野生的落花寂然坠水。我想起，过了桥穿岩探穴，穴中山泉如暴雨淋得人全身皆湿，而岩穴的另一端是一堵绿苔的长城，苔极软极厚极莹碧，那堵苔墙同时又是面水帘，窄逼的山径上，我拼命培养自己的定力，真怕自己万一被那鲜绿所惊所惑，失足落崖，不免成了最离奇的山难事件。我想起当时因为裙子仍湿，坐在那里晒太阳，一条修炼得身躯翡翠通碧的青蛇游移而来。阳光下，它美丽发亮如转动的玉石，如乍惊乍收的电光，我抬起脚来让它走，它才是真正的山岳之子，我一向于蛇了无恐惧，我们都不过是土地的借道者。

想着想着，忽觉阳光翕然有声，阳光下一片近乎透明的红叶在溪谷里被上升的气流托住了，久久落不下去，令人看着看着不免急上心来，不知它怎么了局。至于群山，仍神出鬼没，让人误以为它们是动物，并且此刻正从事大规模的迁移。

终于有人掷了画笔说：

“不画了，算了，画不成的。”

其他几人也受了感染，一个个仿佛找到好借口，都把画笔收了。

我忽然大生幸灾乐祸之心，嘿嘿，此刻我不会画画也不算遗憾了，对着这种山水，任他是谁都要认输告饶的。

负责摄影的似乎比较乐观，他说：

“照山，一张是不行的，我多照几张拼起来给你们看看。”

他后来果真拼出一张大山景，虽然拼出来也不怎么样——我是指和真的山相比。

我呢，我对山的态度大概介乎两者之间吧，认真地说，也该掷笔投诚才行，但我不免仍想用拼凑法，东一角，西一角，或者勉强能勾山之魂，摄水之魄吧？让一小撮山容水态搅入魂梦如酒曲入瓮，让短短的一生因而甘烈芳醇吧！

东邻的竹和西邻的壁

午夜，我去后廊收衣。

如同农人收他的稻子，如同渔人收他的网，我收衣服的时候，也是喜悦的，衣服溢出日晒后干爽的清香，使我觉得，明天，或后天，会有一个爽净的我，被填入这些爽净的衣衫中。

忽然，我看到西邻高约十五公尺的整面墙壁上有一幅画。不，不是画，是一幅投影。我不禁咋舌，真是一幅大立轴啊！

大画，我是看过的，大千先生画荷，用全开的大纸并排连作，恍如一片云梦大泽。我也曾在美国德州，看过一幅号称世界最大的画。看的时候不免好笑，论画，怎能以大小夸口？德州人也许有点奇怪的文化自卑感，所以动不动就要强调自己的大。那幅画自成一间收藏馆，进去看的人买了票，坐下，像看电影一样，等着解说员来把大画一处处打上照灯，慢慢讲给你听。

西方绘画一般言之多半作扁形分割，中国古人因为席地而坐，所以有一整面的墙去挂画，因而可以挂长长的立轴。我看的德州那幅大画便是扁形的，但此刻，投射在我西邻墙上的画却是一幅立轴，高达十五公尺的立轴。

我四下望了望，明白这幅投影画是怎么造成的了。原来我的东邻最近大兴土木，为自己在后院造了一片景致。他铺了一片白色鹅卵石，种上一排翠竹，晚上，还开了强光投射灯，经灯一照，那些翠竹便把自己“影印”到那面大墙上。

我为这意外的美丽画面而惊喜呆立，手里还抱着由于白昼的恩赐而晒干的衣服，眼中却望着深夜灯光所幻化的奇景。

这东邻其实和我隔着一条巷子，我们彼此并不贴邻，只是他们那栋楼的后院接着我们这栋的后院。三个月前他家开始施工，工程的声音成天如雷贯耳，住这种公寓房子真是“休戚与共”，电锯电钻的声音竟像牙医在我牙床上动工，想不头痛也难。三个月过去，我这做邻居的倒也得到一份意外的奖品，就是有了一排翠生生的绿竹可以看。白天看不算，晚上还开了灯供你看，我想，这大概算是我忍受噪音的补偿吧？

我绝少午夜收衣服，所以从来没有看到这种娟娟竹影投向大壁的景致，今晚得见，也算奇缘一场。

古代有一女子，曾在夜晚描画窗纸上的竹影，我想那该算是写实主义的笔法。我看到的这一幅却不同，这一幅是把三公尺高的竹子，借着斜照的灯光扩大到十五公尺，充满浪漫主义的荒渺夸大的美感。

此刻，头上是台北上空有限的没有被光害完全掐死的星光，身旁又有奇诞如神话的竹影，我忽然充满感谢。想我半生的好事好像都是如此发生的：东邻种了一丛竹，西邻造了一堵壁，我却是站在中间的运气特别好的那一位，我看见了西园修竹投向东家壁面的奇景。

对，所有的好事全都如此发生，例如有人写了《红楼梦》，有人印了《红楼梦》，有人研究了红学，而我站在中间，左顾右盼，大快之余不免叫人来一起来瞧瞧，就这样，竟可以被叫作教授。又例如人家上帝造了好山好水，工人又铺了好桥好路，我来到这大块文章之前，喟然一叹，竟因而被人称为作家。

东邻种竹，但他看到的是落地窗外的竹，而未必见竹影。西邻有壁，但他们生活在壁内，当然也见不到壁上竹影。我既无竹也无壁，却是奇景的目击者和见证人。

是啊，我想，世上所有的好事都是如此发生的……

也是水湄

那条长几就摆在廊上。

廊在卧室之外，负责数点着有一阵没一阵的晚风。

那是四月初次燥热起来的一个晚上，我不安地坐在廊上，十分不甘心那热，仿佛想生气，只觉得越来越不负责，就那么风风雨雨闹了一阵，东渲西染地抹了几许颜色，就打算草草了事收场了。

这种闷气，我不知道找谁去发作。

丈夫和孩子都睡了，碗筷睡了，家具睡了，满墙的书睡了，好像大家都认了命，只有我醒着，我不认，我还是不同意。春天不该收场的。可是我又为我的既不能同意又不能不同意而懊丧。

我坐在深褐色的条几上，几在廊上，廊在公寓的顶楼，楼在新生南路的巷子里。似乎每件事都被什么阴谋规规矩矩地安排好了，可是我清楚知道，我并不在那条几上，正如我规规矩矩背好的身份证上长达十几个字的统一编号，背自己的邻里地址和电话，在从小到大的无数表格上填自己的身高、体重、履历、年龄、籍贯和家庭。

可是，我一直知道，我不在那里头，我是寄身在浪头中的一片空白，在一瞬眼中消失，但我不是那浪，我是那白，我是纵身浪中而不属于浪的白。

也许所有的女人全是这样的，像故事里的七仙女或者田螺精，守住一个男人，生儿育女，执一柄扫把日复一日地扫那四十二坪地（算来一年竟可以扫五甲地），像吴刚或薛西佛那样擦抹永远擦不完的灰尘，煮那像“宗教”也像“道统”不得绝祠的三餐——可是，所有的女人仍然有一件羽衣，锁在箱底。她并不要羽化而去，相信自己曾是有羽的，那就够了。

如此，那夜，我就坐在几上而又不在几上，兀自怔怔地发呆。

报纸和茶绕着我的膝成半圆形，那报纸因为刚分了类，看来竟像一垛垛的砌砖，我恍惚成了俯身城墙凭高而望的人，柬埔寨在下，越南在下，孟加拉在下，乌干达在下，“暮春三月，江南草长，杂花生树，群莺乱飞”的故土在下……

夜忽然凉了，我起身去寻找披肩把自己裹住。

一钵青藤在廊角执意地绿着，我大部分的时间都不肯好好看它，我一直搞不清楚，它到底是委屈的还是悲壮的。

我决定还要坐下去。

是为了跟夜僵持？跟风僵持？抑是跟不明不白就要消失了的暮春僵持？我不知道。我只知道我不要去睡，而且，既不举杯，也不邀月，不跟山对弈，不跟水把臂，只想那样半认真半不认真地坐着，只想感觉到山在，水在，鸟在，林在，就好了，只想让冥漠大化万里江山知道有个我在就好了。

我就那样坐着，把长椅坐成了小舟。而四层高的公寓下是连云公园，园中有你纠我缠的榕树，榕树正在涨潮，我被举在绿色的柔波上，听绿波绿涛拍舷的声音。

于是，渐渐地，我坚持自己听到了“流水绕孤村”的孱缓的声音，真的，你不必告诉我那是巷子外面新生南路上的隆隆车声，车子何尝不可以“车如流水”呢？一切的音乐岂不是在一侧耳之间温柔，一顾首之间庄严吗？于无弦处听古琴，于无水处赏清音，难道是不可能的吗？

何况，新生南路的前身原是两条美丽的夹堤，柳枝曾在这里垂烟，杜鹃花曾把它开成一条“丝路”，五彩的丝，而我们房子的地基便掘在当年的稻香里。

我固执地相信，那古老的水声仍在，而我，是泊船水湄的舟子。

新生南路，车或南，车或北，轮辙不管是回家，或是出发，深夜行车不论是为名是为利，那也算得是一种足音了。其中某个车子里的某一把青蔬，明天会在某家的餐桌上出现，某个车子里的鸡蛋又会在某个孩子的便当里躺着，某个车中的夜归人明天会写一首诗，让我们流泪，人间的扯牵是如此庸俗而又如此深情，我要好好地听听这种水声。

如果照古文学学者的意思，“湄”字就是“水草交”的意思，是水跟岸之间的亦水亦岸亦草的地方，是那一注横如眼波的水上浅浅青青温温柔柔如一带眉毛的地方。这个字太秀丽，我有时简直不敢轻易出口。

今夜，新生南路仍是圳水，今夜，我是泊舟水湄的舟子。

忽然，我安下心平下气来，春仍在，虽然已是阴历三月的最后一夜了。正如题诗在壁，壁坏诗消，但其实诗仍在，壁仍在，因为泥仍在，曾经存在过的便不会消失。春天不曾匿迹，它只是更强烈地投身入夏，原来夏竟是更朴实更浑茂的春。正如雨是更细心更舍己的液态的云。

今夜，系舟水湄，我发现，只要有一点情意，我可以把车声宠成水声，把公寓爱成山色的。

就如此，今夜，我将系舟在也是水湄的地方。

“你的侧影好美！”

中午在餐厅吃完饭，我慢慢地喝着那杯茶。茶并不怎么好，难得的是那天下午并没有什么赶着做的事，因此就慢慢地一口一口地吸着。

柜台那里有个女孩在打电话，这餐厅的外墙整个是一面玻璃，阳光流泻一室。有趣的是那女孩的侧影便整个印在墙上，她人长得平常，侧影却极美。侧影定在墙上，像一幅画。

我坐着，欣赏这幅画。奇怪，为什么别人都不看这幅美人图呢？连那女孩自己也忙着说个不停，她也没空看一下自己美丽的侧影。而侧影这玩意儿其实也很诡异，它非常不容易被本人看到。你一转头去看它，它便不是完整的侧影了，你只能斜眼去偷瞄自己的侧影。

我又坐了一会儿，餐厅里的客人或吃或喝——他们显然都在做他们身在餐厅该做的事。女孩继续说个不停，我则急我的事，我的事是什么事呢？我在犹豫要不要跑去告诉那女孩关于她侧影的事。

她有一个极美的侧影，她自己到底知道不知道呢？也许她长到这么大都没人告诉过她，如果我不告诉她，会不会她一生都不知道这件事？

但如果我跑去告诉她，她会不会认为我神经兮兮，多管闲事？

我被自己的假设苦恼着，而女孩的电话看样子是快打完了。我必须趁她挂上电话却还站在原来位置的时候告诉她。如果她走回自己座位我再拉她站回原地去表演侧影，一切就不再那么自然了。

我有点生自己的气，小小一件事，我也思前想后，拿不出个主意来。啊！干脆老实承认吧！我就是怕羞，怕去和陌生人说话，有这毛病的也不只我一个人吧！好，管他的，我且站起来，走到那女孩背后，破釜沉舟，我就专等她挂电话。

她果真不久就挂了电话。“小姐！”我急急叫住她，“我有一件事要告诉你……”

“喔……”她有点惊讶，不过旋即打算听我的说辞。“你知道吗？你的侧影好美，我建议你下次带一张纸，一支笔，把你自己在墙上的侧影描下来……”

“啊！谢谢你告诉我。”她显然是惊喜的，但她并没有大叫大跳。她和我一样，是那种含蓄不善表达的人。

我走回座位，吁了一口气。我终于把我要说的说了，我很满意我自己。

对！其实我这辈子该做的事就是去告诉别人他所不知道的自己的美丽侧影。

这些石头，不要钱

朋友住在郊区，我许久没去他家了。有一天，天气极好，我在山径上开车，竟与他的车不期而遇。他正拿着相机打算去拍满山的“五节芒”，可惜没碰上如意的景，倒是把我这个成天“无事忙”的朋友给带回家去吃中饭了。

几年没来，没料到他家“焕然一旧”。空荡荡的大院子里如今有好多棵移来的百年老茄冬，树下又横卧着水牛似的石头，可供饱饭之人大睡一觉的那种大石头。

我嫉妒得眼珠都要发红了，想想自己每天被油烟呛得要死，他们却在此与百年老树共呼吸，与万载巨石同座席。

“这些石头，这些树，要花多少钱？”

“这些吗？怎么说呢？”朋友的妻笑起来，“这些等于不要钱。石头是人家挖土挖出来的，放在一边，我们花了几包烟几瓶酒就换来了。树呢，也是，都是人家不要的。我们今天不收，它明天就要被人家拿去当柴烧。我们看了不忍心，只好买下来救它一命。”

看来他们夫妇在办老树收容所了。

“怎么搬来的？”

“哈，那就不得了啦！搬树搬石头可花了大钱，大概要二十万呢！”

真不公平，石头不要钱，搬石头的却大把收钱。

我忽然明白了，凡是上帝造的，都不要钱，白云不以斗量求售，浪花不用计码应市。但只要碰到人力，你就得给钱。水本身不要钱，但从水龙头出来的水却需要按度收费。玉兰花不要钱，把花采好提在花篮里卖就要钱了。

如果上帝也要收费呢？如果它要收设计费和开模费呢？果真如此，只要一天活下来，我们任何一个人都要变得赤贫，还不到黄昏，我们已经买不起下一口空气了。

我躺在这不属于我的院子里，在一块不经由我买来的石头上，于一个不由我设计的浮生半日，享受这不需付费的秋日阳光。

我喜欢

我喜欢活着，生命是如此地充满了愉悦。

我喜欢冬天的阳光，在迷茫的晨雾中展开。我喜欢那份宁静淡远，我喜欢那没有喧哗的光和热，而当中午，满操场散坐着晒太阳的人，那种原始而纯朴的意象总深深地感动着我的心。

我喜欢在春风中踏过窄窄的山径，草莓像精致的红灯笼，一路殷勤地张结着。我喜欢抬头看树梢尖尖的小芽儿，极嫩的黄绿色中透着一派天真的粉红——它好像准备着要奉献什么，要展示什么。那柔弱而又生意盎然的风度，常在无言中教导我一些最美丽的真理。

我喜欢看一块平平整整、油油亮亮的秧田。那细小的禾苗密密地排在一起，好像一张多绒的毯子，是集许多翠禽的羽毛织成的，它总是激发我想在上面躺一躺的欲望。

我喜欢夏日的永昼，我喜欢在多风的黄昏独坐在傍山的阳台上。小山谷里的稻浪推涌，美好的稻香翻腾着。慢慢地，绚丽的云霞被浣净了，柔和的晚星遂一一就位。我喜欢观赏这样的布景，我喜欢坐在那舒服的包厢里。

我喜欢看满山芦苇，在秋风里凄然地白着。在山坡上，在水边上，美得那样凄凉。那次，刘告诉我他在梦里得了一句诗："雾树芦花连江白。"意境是美极了，平仄却很拗口。想凑成一首绝句，却又不忍心改它。想联成古风，又苦再也吟不出相当的句子。至今那还只是一句诗，一种美而孤立的意境。

我也喜欢梦，喜欢梦里奇异的享受。我总是梦见自己能飞，能跃过山丘和小河。我总是梦见奇异的色彩和悦人的形象。我梦见棕色的骏马，发亮的鬃毛在风中飞扬。我梦见成群的野雁，在河滩的丛草中歇宿。我梦见荷花海，完全没有边际，远远在炫耀着模糊的香红——这些，都是我平日不曾见过的。最不能忘记那次梦见在一座紫色的山峦前看日出——它原来必定不是紫色的，只是翠岚映着初升的红日，遂在梦中幻出那样奇特的山景。

我当然同样在现实生活里喜欢山，我办公室的长窗便是面山而开的。每次当窗而坐，总沉得满几尽绿，一种说不出的柔和。较远的地方，教堂尖顶的白色十字架在透明的阳光里巍立着，把蓝天撑得高高地。

我还喜欢花，不管是哪一种，我喜欢清瘦的秋菊，浓郁的玫瑰，孤洁的百合，以及幽娴的素馨。我也喜欢开在深山里不知名的小野花。十字形的、斛形的、星形的、球形的。我十分相信上帝在造万花的时候，赋给它们同样的尊荣。

我喜欢另一种花儿，是绽开在人们笑颊上的。当寒冷早晨我在巷子里，对门那位清癯的太太笑着说："早！"我就忽然觉得世界是这样的亲切，我缩在皮手套里的指头不再感觉发僵，空气里充满了和善。

当我到了车站开始等车的时候，我喜欢看见短发齐耳的中学生，那样精神奕奕的，像小雀儿一样快活的中学生。我喜欢她们美好宽阔而又明净的额头，以及活泼清澈的眼神。每次看着他们老让我想起自己，总觉得似乎我仍是他们中间的一个。仍然单纯地充满了幻想，仍然那样容易受感动。

当我坐下来，在办公室的写字台前，我喜欢有人为我送来当天的信件。我喜欢读朋友们的信，没有信的日子是不可想象的。我喜欢读弟弟妹妹的信，那些幼稚纯朴的句子，总是使我在泪光中重新看见南方那座燃遍凤凰花的小城。最不能忘记那年夏天，德从最高的山上为我寄来一片蕨类植物的叶子。在那样酷暑的气候中，我忽然感到甜蜜而又沁人的清凉。

我特别喜爱读者的信件，虽然我不一定有时间回复。每次捧读这些信件，总让我觉得一种特殊的激动。在这世上，也许有人已透过我看见一些东西。这不就够了吗？我不需要永远存在，我希望我所认定的真理永远存在。

我把信件分放在许多小盒子里，那些关切和怀谊都被妥善地保存着。

除了信，我还喜欢看一点书，特别是在夜晚，在一灯茕茕之下。我不是一个十分用功的人，我只喜欢看词曲方面的书。有时候也涉及一些古拙的散文，偶然我也勉强自己看一些浅近的英文书，我喜欢他们文字变化的活泼。

夜读之余，我喜欢拉开窗帘看看天空，看看灿如满园春花的繁星。我更喜欢看远处山坳里微微摇晃的灯光。那样模糊，那样幽柔，是不是那里面也有一个夜读的人呢？

在书籍里面我不能自抑地要喜爱那些泛黄的线装书，握着它就觉得握着一脉优美的传统，那涩黯的纸面蕴含着一种古典的美。我很自然地想到，有几个人执过它，有几个人读过它。他们也许都过去了。历史的兴亡、人物的迭代本是这样虚幻，唯有书中的智慧永远长存。

我喜欢坐在汪教授家中的客厅里，在落地灯的柔辉中捧一本线装的昆曲谱子。当他把旧发亮的褐色笛管举到唇边的时候，我就开始轻轻地按着板眼唱起来，那柔美幽咽的水磨调在室中低回着，寂寞而空荡，像江南一池微凉的春水。我的心遂在那古老的音乐中体味到一种无可奈何的轻愁。

我就是这样喜欢着许多旧东西，那块小毛巾，是小学四年级参加儿童周刊父亲节征文比赛得来的。那一角花岗石，是小学毕业时和小曼敲破了各执一半的。那具布娃娃是我儿时最忠实的伴侣。那本毛笔日记，是七岁时被老师逼着写成的。那两支蜡烛，是我过二十岁生日的时候，同学们为我插在蛋糕上的……我喜欢这些财富，以致每每整个晚上都在痴坐着，沉浸在许多快乐的回忆里。

我喜欢翻旧相片，喜欢看那个大眼睛长辫子的小女孩。我特别喜欢坐在摇篮里的那张，那么甜美无忧的时代！我常常想起母亲对我说："不管你们将来遭遇什么，总是回忆起来，人们还有一段快活的日子。"是的，我骄傲，我有一段快活的日子——不只是一段，我相信那是一生悠长的岁月。

我喜欢把旧作品一一检视，如果我看出已往作品缺点，我就高兴得不能自抑——我在进步！我不是在停顿！这是我最快乐的事了，我喜欢进步！

我喜欢美丽的小装饰品，像耳环、项链和胸针。那样晶晶闪闪的、细细微微的、奇奇巧巧的。它们都躺在一个漂亮的小盆子里，炫耀着不同的美丽，我喜欢不时看看它们，把它们佩在我的身上。

我就是喜欢这样松散而闲适的生活，我不喜欢精密的分配的时间，不喜欢紧张地安排节目。我喜欢许多不实用的东西，我喜欢充足的沉思时间。

我喜欢晴朗的礼拜天清晨，当低沉的圣乐冲击着教堂的四壁，我就忽然升入另一个境界，没有纷扰，没有战争，没有嫉恨与恼怒。人类的前途有了新光芒，那种确切的信仰把我带入更高的人生境界。

我喜欢在黄昏时来到小溪旁。四顾没有人，我便伸足入水——那被夕阳照得极艳丽的溪水，细沙从我趾间流过，某种白花的瓣儿随波漂去，一会儿就幻灭了——这才发现那实在不是什么白花瓣儿，只是一些被石块激起来的浪花罢了。坐着，坐着，好像天地间流动着和暖的细流。低头沉吟，满溪红霞照得人眼花，一时简直觉得双足是浸在一钵花汁里呢！

我更喜欢没有水的河滩，长满了高及人肩的蔓草。日落时一眼望去，白石不尽，有着苍莽凄凉的意味。石块垒垒，把人心里慷慨的意绪也堆叠起来了。我喜欢那种情怀，好像在峡谷里听人喊秦腔，苍凉的余韵回转不绝。

我喜欢别人不注意的东西，像草坪上那株没人理会的扁柏，那株瑟缩在高大龙柏之下的扁柏。每次我走过它的时候总要停下来，嗅一嗅那股儿清香，看一看它谦逊的神气。有时候我又怀疑它是不是谦逊，因为也许它根本不觉得龙柏的存在。又或许它虽知道有龙柏存在，也不认为伟大与平凡有什么两样——事实上伟大与平凡的确也没有什么两样。

我喜欢朋友，喜欢在出其不意的时候去拜访他们。尤其喜欢在雨天去叩湿湿的大门，在落雨的窗前话旧真是多么美，记得那次到中部去拜访芷的山居，我永不能忘记她看见我时的惊呼。当她连跑带跳地来迎接我，山上阳光就似乎忽然炽燃起来了。我们走在向日葵的荫下，慢慢地倾谈着。那迷人的下午像一阙轻快的曲子，一会儿就奏完了。

我极喜欢，而又带着几分崇敬去喜欢的，便是海了。那辽阔，那淡远，都令我心折。而那雄壮的气象，那平稳的风范，以及那不可测的深沉，一直向人类作着无言的挑战。

我喜欢家，我从来还不知道自己会这样喜欢家。每当我从外面回来，一眼看到那窄窄的红门，我就觉得快乐而自豪，我有一个家多么奇妙！

我也喜欢坐在窗前等他回家来。虽然过往的行人那样多，我总能分辨他的足音。那是很容易的，如果有一个脚步声，一入巷子就开始跑，而且听起来是沉重疾速的大阔步，那就准是他回来了！我喜欢他把钥匙放进门锁中的声音，我喜欢听他一进门就喘着气喊我的英文名字。

我喜欢晚饭后坐在客厅里的时分。灯光如纱，轻轻地撒开。我喜欢听一些协奏曲，一面捧着细瓷的小茶壶暖手。当此之时，我就恍惚能够想象一些田园生活的悠闲。

我也喜欢户外的生活，我喜欢和他并排骑着自行车。当礼拜天早晨我们一起赴教堂的时候，两辆车子便并驰在黎明的道上，朝阳的金波向两旁溅开，我遂觉得那不是一辆脚踏车，而是一艘乘风破浪的飞艇，在无声的欢唱中滑行。我好像忽然又回到刚学会骑车的那个年龄，那样兴奋，那样快活，那样唯我独尊——我喜欢这样的时光。

我喜欢多雨的日子。我喜欢对着一盏昏灯听檐雨的奏鸣。细雨如丝，如一天轻柔的叮咛。这时候我喜欢和他共撑一柄旧伞去散步。伞际垂下晶莹成串的水珠——一幅美丽的珍珠帘子。于是伞下开始有我们宁静隔绝的世界，伞下缭绕着我们成串的往事。

我喜欢在读完一章书后仰起脸来和他说话，我喜欢假想许多事情，

“如果我先死了，”我平静地说着，心底却泛起无端的哀愁，“你要怎么样呢？”

“别说傻话，你这憨孩子。”

“我喜欢知道，你一定要告诉我，如果我先死了，你要怎么办？”

他望着我，神色愀然。

“我要离开这里，到很远的地方去，去做什么，我也不知道，总之，是很遥远的很蛮荒的地方。”

“你要离开这屋子吗？”我急切地问，环视着被布置得像一片紫色梦谷的小屋。我的心在想象中感到一种剧烈的痛楚。

“不，我要拼着命去赚很多钱，买下这栋房子。”他慢慢地说，声音忽然变得凄怆而低沉：

“让每一样东西像原来那样被保持着。哦，不，我们还是别说这些傻话吧！”

我忍不住澈泪泫然了，我不明白，为什么我喜欢问这样的问题。

“哦，不要痴了，”他安慰着我，“我们会一起死去的。想想，多美，我们要相携着去参加天国的盛会呢！”

我喜欢相信他的话，我喜欢想象和他一同跨入永恒。

我也喜欢独自想象老去的日子，那时候必是很美的。就好像夕

晖满天的景象一样。那时再没有什么可争夺的，可流连的。一切都淡了，都远了，都漠然无介于心了。那时候智慧深邃明彻，爱情渐渐醇化，生命也开始慢慢蜕变，好进入另一个安静美丽的世界。啊，那时候，那时候，当我抬头看到精金的大道，碧玉的城门，以及千万只迎我的号角，我必定是很激励而又很满足的。

我喜欢，我喜欢，这一切我都深深地喜欢！我喜欢能在我心里充满着这样多的喜欢！

三千公里远的一场情奔

湖极小，但是它自己并不知道。由于云来雾去，取名梦幻，关于这一点，它自己也一并不知。

云经过，失足坠入，浅浅的水位已足够溢为盈盈眼波。阳光经过，失足坠入，暖暖的火种也刚好点燃顾盼的神采。月色经过，山风经过，唯候鸟经过徘徊驻足之余竟留下三千公里外的孢囊，这是后话，此处且按下不表。

有人说日据时代旧名鸭池的就是它，有人说不然。有当地居民说小时候在此看到满池野鸭。有人说今天虽不见水鸟，但仍拾到鸟羽，可见千年来追逐阳光的候鸟仍然深深眷爱这条南巡的旧时路，有人在附近的其他池子里发现五十只雁鸭，劫余重逢，真是惊喜莫名。这被相思林和坡草密密护持钟爱的一池清凉，却也是使许多学者和专家惊讶困惑而不甚了然的小小谜团。我喜欢在众说纷纭之际在小湖守着自己那份置身事外的闲定。

湖上遍生针兰，一一直立，池面也因而好看得有如翠绫制成的针插。但湖中的惊人情节却在水韭，水韭是水生蕨类，整场回肠荡气的生生死死全在湖面下悄然无息地进行。

有学者认为它来自东北，由于做了候鸟免费的搭乘客，一路旅行三千公里，托生到这遥远的他乡。想它不费一文，不功一趾，却乘上丰美充实的冬羽，在属于鸟类的旅游季出发，一路上穿虹贯日，又哪知冥冥中注定落在此山此湖，成为水韭世界里立足点最南的一族。如果说流浪，谁也没本事把流浪故事编制得如此潇洒华丽。如果说情奔，谁也没有机会远走得如此彻底。但这善于流浪和冲激的生命却也同样善于扎根收敛。植物根系的教授钻井四公尺，湖底的淤泥里仍有水韭的遗迹。湖底显然另有一层属于水韭的“古代文明”，推算起来，这一族的迁移也有若干万年了。水韭被写成了硕士论文，然后又被写成了博士论文——然而却没有人知道，在哪一年秋天，在哪一只泛彩的羽翼中夹带了那偷渡的情奔少年，从此落地繁殖，迁都立国。

使我像遭人念了“定身符咒”一般站在高坡上俯视这小湖而不能移足的是什么呢？整个故事在哪一点上使我噤默不能作声呢？这水韭如此曲折柔细像市场一根不必花钱买的小葱，却仍像某些生命一样，亦有其极柔弱极美丽而极不堪探索碰触的心情。如此大浪荡和大守成，岂不也是每个艺术家梦寐以求的境界？以芥子之微远行三千里，在方寸之地托身十万年，这里面有什么我说不清却能感知的神秘。

水韭且又有“旱眠”，旱季里池水一枯见底，但在晒干的老株下，沼泽微润，孢子便在其中蓄势待发，雨季一至，立刻伸头舒臂，为自己取得“翠绿权”。

诗人或者可以用优雅的缓调吟哦出“山中一夜雨，树抄万重泉”的句子，但实质的生命却有其奔莽剧烈近乎痛楚的动作。一夜山雨后，小小的湖泊承受满溢的祝福。行人经过，只见湖面轻烟绾梦，却哪里知道成千上万的生命正在作至精至猛的生死之搏。只有一个雨季可供演出，只有一个雨季可恣疯狂，在死亡尚未降临之际，在一切尚未来不及之前，满池水韭怒生如沸水初扬——然而我们不知道，我们人类所见的一向只是澄明安静浑无一事的湖面。这世界被造得太奢华太繁复，我们在惊奇自己的一生都力不从心之余，谁又真有精力去探悉别种生命的生死存亡呢？谁能相信小小湖底竟也是生命神迹显灵显圣的道场呢？

梭罗一度拥有瓦尔登湖，宋儒依傍了鹅湖，而我想要这鲜澄的梦幻湖，可以吗？我打算派出一部分的自己屯守在此，守住湖上的寒烟，守住寒烟下水韭的生生世世，且守住那烟织雾纺之余被一起混纺在湖景里的自己。

画晴

落了许久的雨，天忽然晴了。心理上就觉得似乎捡回了一批失落的财宝，天的蓝宝石和山的绿翡翠在一夜之间又重现在晨窗中了。阳光倾注在山谷中，如同一盅稀薄的葡萄汁。

我起来，走下台阶，独自微笑着，欢喜着。四下一个人也没有，我就觉得自己也没有了。天地间只有一团喜悦、一腔温柔、一片勃勃然的生气。我走向田畦，就以为自己是一株恬然的菜花。我举袂迎风，就觉得自己是一缕婉转的气流。我抬头望天，却又把自己误为明灿的阳光。我的心从来没有这样宽广过，恍惚中忆起一节经文："上帝叫日头照好人，也照歹人。"我第一次那样深切地体会到造物的深心，我就忽然热爱起一切有生命和无生命的东西来了。我那样渴切地想对每一个人说声早安。

不知怎的，忽然想起住在郊外的陈，就觉得非去拜访她不可，人在这种日子里真不该再有所安排和计划的。在这种阳光中如果不带有几分醉意，凡事随兴而行，就显得太不调和了。

转了好几班车，来到一条曲折的黄泥路。天晴了，路刚晒干，温温软软的，让人感觉到大地的脉搏。一路走着，不觉到了，我站在竹篱面前，连吠门的小狗也没有一只。门上斜挂了一把小铃，我独自摇了半天，猜想大概是没人了。低头细看，才发现一个极小的铜锁——她也出去了。

我又站了许久，不知道自己该往哪里去。想要留个纸条，却又说不出所以造访的目的。其实我并不那么渴望见她的。我只想消磨一个极好的太阳天，只想到乡村里去看看五谷六畜怎样欣赏这个日子。

抬头望去，远处禾场很空阔，几垛稻草疏疏落落地散布着。颇有些仿古制作的意味。我信步徐行，发现自己正走向一片广场，黄绿不匀的草在我脚下伸展着，奇怪的大石在草丛中散置着。我选了一块比较光滑的斜靠而坐，就觉得身下垫的和身上盖的都是灼热的阳光。我陶然了许久，定神环望，才发现这景致简单得不可置信——一片草场，几块乱石。远处唯有天草相黏，近处只有好风如水。没有任何名花异草，没有任何仕女云集。但我为什么这样痴骇地坐着呢？我是被什么吸引着呢？

我悠然地望着天，我的心就恍然回到往古的年代，那时候必然也是一个久雨后的晴天，一个村野之人，在耕作之余，到禾场上去晒太阳。他的小狗在他的身旁打着滚，弄得一身是草，他酣然地躺着，傻傻地笑着，觉得没有人经历过这样的幸福。于是，他兴奋起来，喘着气去叩王室的门，要把这宗秘密公布出来。他万没有想到所有听见的人都掩袖窃笑，从此把他当作一个典故来打趣。

他有什么错呢？因为他发现的真理太简单吗？但经过这样多个世纪，他所体味的幸福仍然不是坐在暖气机边的人所能了解的。如果我们肯早日离开阴深黑暗的蛰居，回到热热亮亮的光中，那该多美呢！

头顶上有一棵不知名的树，叶子不多，却都很青翠，太阳的影像从树叶的微隙中筛了下来。暖风过处满地团团的日影都欣然起舞。唉，这样温柔的阳光，对于庸碌的人而言，一生之中又能几遇呢？

坐在这样的树下，又使我想起自己平日对人品的观察。我常常觉得自己的浮躁和浅薄就像“夏日之日”，常使人厌恶、回避。于是在深心之中，总不免暗暗地向往着一个境界——“冬日之日”。那是光明的，却毫不刺眼；是暖热的，却不至灼人。什么时候我才能那样含蕴，那样温柔敦厚而又那样深沉呢？“如果你要我成为光，求你让我成为这样的光。”我不禁用全心灵祷求，“不是独步中天，造成气焰和光芒。而是透过灰冷的天空，用一腔热忱去温柔一切僵坐在阴湿中的人。”

渐近日午，光线更明朗了，一切景物的色调开始变得浓重。记得尝读过段成式的作品，独爱其中一句：“坐对当窗木，看移三面阴。”想不到我也有缘领略这种静趣。其实我所欣赏的，前人已经欣赏了。我所感受的，前人也已经感受了。但是，为什么这些经历依旧是这么深，这么新鲜呢？

身旁有一袋点心，是我顺手买来、打算送给陈的。现在却成了我的午餐。一个人，在无垠的草场上，咀嚼着简单的干粮，倒也是十分有趣。在这种景色里，不觉其饿，却也不觉其饱。吃东西只是一种情趣，一种艺术。

我原来是带了一本词集子的，却一直没打开，总觉得直接观赏情景，比间接的观赏要深刻得多。饭后有些倦了，才顺手翻它几页。不觉沉然欲睡，手里还拿着书，人已经恍然踏入另一个境界。

等到醒来，发现几只黑色瘦胫的羊，正慢慢地啮着草，远远的有一个孩子跷脚躺着，悠然地嚼着一根长长的青草。我抛书而起，在草场上迂回漫步。难得这么静的下午，我的脚步声和羊群的啮草声都清晰可闻。回头再看看那曲臂为枕的孩子，不觉有点羡慕他那种“富贵于我如浮云”的风度了。几只羊依旧低头择草，恍惚间只让我觉得它们咀嚼的不只是草，而是冬天里半发的绿意，以及荒场上无边无际的阳光。

日影稍稍西斜了，光辉却仍旧不减，在一天之中，我往往偏爱这一刻。我知道有人歌颂朝云，有人爱恋晚霞。至于耀眼的日升和幽邃的黑夜，都惯受人们的钟爱。唯有这样平凡的下午，没有一点彩色和光芒的时刻，常常会被人遗忘。但我却不能自禁地喜爱并且瞻仰这份宁静、恬淡和收敛。我回到自己的位置坐下，茫茫草原，就只交付我和那看羊的孩子吗？叫我们如何消受得完呢？

偶抬头，只见微云掠空，斜斜地排着。像一首短诗，像一阕不规则的小令。看着看着，就忍不住发出许多奇想。记得元曲中有一段述说一个人不能写信的理由："不是无才思，绕清江，买不得天样纸。"而现在，天空的蓝笺已平铺在我头上，我却又苦于没有云样的笔。其实即使有笔如云，也不过随写随抹，何尝尽责描绘造物之奇。至于和风动草，大概本来也想低吟几句云的作品。只是云彩总爱反复地更改着，叫风声无从传布。如果有人学会云的速记，把天上的文章流传几篇到人间，却又该多么好呢。

正在痴想之间，发现不但云朵的形状变幻着，连它的颜色也奇异地转换了。半天朱霞，粲然如焚，映着草地也有三分红意了。不仔细分辨，就像莽原尽处烧着一片野火似的。牧羊的孩子不知何时已把他的羊聚拢了。村里炊烟袅升，他也就隐向一片暮霭中去了。

我站起身来，摸摸石头还有一些余温，而空气中却沁进几分凉意了。有一群孩子走过，每人抱着一怀枯枝干草。忽然见到我就都停下来，互相低语着。

"她真有点奇怪，不是吗？"

"我们这里从来没有人来远足的。"

"我知道，"有一个较老成的孩子说，"他们有的人喜欢到这里来画图的。"

"可是，我没有看见她的纸和她的水彩呀！"

"她一定画好了，藏起来了。"

得到满意的结论以后，他们又作一行归去了。远处有疏疏密密的竹林，掩映一角红墙，我望着他们各自走入他们的家，心中不禁怃然若失。想起城市的街道，想起两侧壁立的大厦，人行其间，抬头只见一线天色，真仿佛置身于死荫的幽谷了。而这里，在这不知名的原野中，却是遍地泛滥着阳光。人生际遇不同，相去多么远啊！

我转身离去，落日在我身后画着红艳的圆。而远处昏黄的灯光也同时在我面前亮起。那种壮丽和寒碜成为极强烈的对照。

遥遥地看到陈的家，也已经有了灯光，想她必是倦游归来了，我迟疑了一下，没有走过去摇铃，我已拜望过郊外的晴朗，不必再看她了。

走到车站，总觉得手里比来的时候多了一些东西，低头看看，依然是那一本旧书。这使我忽然迷惑起来了，难道我真的携有一张画吗？像那个孩子所说的：“画好了，藏起来了！”

归途上，当我独行在黑茫茫的暮色中，我就开始接触那轴画了。它是用淡墨染成的“晴郊图”，画在平整的心灵素宣上，在每一个阴黑的地方向我展示。

自作主张的水仙花

年前一个礼拜，我去买了一盆水仙花。

“它会刚好在过年的时候开吗？”

“是呀！”老板保证，“都是专家培育的，到过年刚好开。”

我喜滋滋地捧它回家，不料，当天下午它就试探性地开了两朵。

第二天一早，七八朵一齐集体犯规。

第三天，群花飙发，不可收拾。

第四天，众蓓蕾尽都叛节，全丛一片粉白郁香。

我跌足叹息。完了，我想，到过年，它们全都谢光了，而我又不见得找得出时间来再上一次花市。没有水仙花的年景是多么伧俗可怜啊！

我气花贩骗我，又恨这水仙花自作主张，也不先问问礼俗，竟赶在新年前把花开了。

正气着，转念一想，又为自己的霸道骇然。人家水仙花难道就不能有自己的花期吗？凭什么非要叫它依照我的日程规章行事不可？这又不是军事演习，而我又不是它的指挥官。

我之所以生花的气，大概是由于我事先把它看成了“中国水仙”（洋人的水仙和我们的不一样，洋水仙像洋妞，硕壮耀眼，独独缺少一番细致的幽韵和清芬），既是中国水仙，怎能不谙知中国年节？

可是今年过年晚了点，都是去年那个闰八月闹的（那个闰八月，吓破了多少人的胆啊），弄到二月十九日才来过年，水仙花忍不住，便自顾自地先开了，我怎么可以怪罪它呢？

“我是北地忍不住的春天”，那是郑愁予的诗，好像单单为了这株水仙写的。它忍不住了，它非开不可，你又能把它怎么样？

自古以来，催花早开的故事倒是有的。譬如说，武则天就干过，《镜花缘》里，百花仙子出外下了一局棋，没想到女皇帝竟颁了敕令，叫百花抢先偷跑，赶在花期之前来为她的盛宴凑兴。众花仙一时糊涂，竟依令行事。这次犯了花规花戒，导致日后众花仙纷纷贬入凡尘，成就了一段俗世姻缘。我至今看到清丽馨雅的女子，都不免认定她们是花仙投胎的。

唐明皇也曾临窗纵击羯鼓，催促桃杏垂柳大驾光临。照现代流行话说，就是唐明皇加入了朱宗庆打击乐训练班，并且他相信花朵听得懂音乐节奏，他要颠覆花的既有秩序，他要打破花国威权。他全力击鼓，他要为花朵解严解禁。故事中，他居然成功了。

“就为这一件事，你们也不得不佩服我，把我看作天公啊！”他四顾自雄地叫道。

我不是环佩锵然，在扬眉之际已底定四海的武则天；也非梨园鼓吹、风流俊赏的玄宗皇帝。我既没有跨越仙界催花鼎沸的手段，也缺乏挽留花期，使之迁延曼迟的本领。我是凡人，只能呆呆地看着花开花谢，全然无助。

水仙终于全开了，喝令它不许开是不奏效的，但好在我还能改变自己，让自己终于同意高高兴兴去品赏一盏清雅的水仙，在年前。它是这样美，这样芳香，绝不因它不开在大年初一而有所减色。

故事后来以喜剧结尾，有人又送来了另一钵水仙。这另一钵水仙，在除夕夜开了花，正赶上年景。但我还是为第一盆早开的水仙而感谢，它不仅提供了美丽，也提供了寓言，让我知道，水仙，也是可以自作其主张的。

击鼓催花的故事极美，忍不住抄录在这里奉送：

尝遇二月初……时当宿雨初晴，景物明丽。小殿内廷，柳杏将吐，观而叹曰：“对此景物，岂得不与他判断之乎？”左右相目，将命备酒，独高力士遣取羯鼓。上旋命之，临轩纵击一曲，曲名《春光好》。神思自得，顾及柳杏，皆已发折，上指而笑谓嫔御曰：“此一事，不唤我作天公可乎？”

我有一根祈雨棍

我有一根祈雨棍，我花钱买来的。

买的地点在加拿大的哥伦比亚冰原，这根据说是北美印第安人用的。一般观光客为了省钱省力，大概会买根短棍（一尺或二尺长）做纪念品也就罢了。我却贪心，买了根最长的，是根足足四尺的长棍——店主人说祈雨棍最长也就这么长了。而棍子的直径大约是四公分。

扛着这么根长棍，我又一路旅行到阿拉斯加，在海湾里看杀手鲸和海豚优游，看冰崖雪崩的惊心景状。无论走到哪里，这大棍简直像评剧舞台上的齐眉棍，一路引人注目。

祈雨棍的材料是大仙人掌的空心直杆。杆子上原来长满一寸长的利刺，但在制作的时候他们先把杆子晒干，然后很巧妙地把一根根外刺反塞到棍子的内腹部，变成固定的内刺。一根棍子摘了刺，又晒得滑溜干挺，十分趁手。他们再把些小砂小石灌进棍子中空的位置，封好封口，晃动棍子，小砂小石便在众刺中间游走。密封的棍子是极好的共鸣箱，一时之间只闻飞沙走石之声盈盈乎耳，仿佛天风折黄云，迅雷动百草，大雨，显然已迫在眉睫，立刻会兜头兜脸地下下来。

想当年，莽莽的大草原上，清晨时分，上百巫师，一起举起他们的祈雨棍，那轰轰然如飙风如阵雷的声音节奏，必然令人动容。

我不是农人，对下雨不太有概念，雨对都市人造成种种不便，都市人简直希望雨水应该自动消失才好。但近年来水库缺水，我才蓦然惊觉原来雨水比汽油比金子都可贵。对了，如果雨水是人，我要劝他也不宜太好心，充分供应之余就会产生一群忘恩负义的家伙。应该适度缺货，人类才有“大旱望云霓”的谦卑渴想。人类很贱，过不得好日子，并且从来不懂得珍惜上帝不经祈求就赐下来的东西，像日光，像空气。

回到台湾，我把祈雨棍好好珍藏，并且不时拿出来晃两下，聆听那风狂雨骤的声音。祈雨棍提醒我做人宜卑微，原来，无论多么心高气傲的族类，真正碰到长期不下雨的场面，便不免慌了手脚。人类虽然也应自尊自重，但另一方面却也急需知道自己的有限有穷，能有一根祈雨棍来向我耳提面命，令我自卑自迩，也真是一件好事。

亲爱的上苍，请给我顺遂，请给我丰裕，但也时时容我稍稍感受枯竭的惶急和伤痛。这样，在大雨沛然之际，我才懂得感恩。而且，如果我已顺遂到不知惶急和伤痛为何物，恐怕在这地球上，有一半的人口在忍受的那种心情已与我绝缘。

枯焦的大地上，我不尊贵，我俯伏，我是为普世的大旱跪求一滴甘霖的祈雨者。

岁月·飞鸟·钱夹

过年的时候——我指的当然是中国年啦——人很容易莫名其妙地就善良起来。

好在一年只过这一个年，如果天天过年，天天善良，我岂不是完了？

今年因为逃过了一九九五年闰八月，颇有劫后余生的意味。把旧日历从墙上拿下之际，心里为自己也为二千一百万人暗暗喝彩。

奇怪的是，过阳历年的时候，只把新月历挂了上去，并没有想到要把旧月历拿下来。为什么？因为并没有改朝换代的感觉。现在有了，中国年才有更替鼎革之意。

但手捧一本旧月历，你拿那逝去的三百六十五日怎么办呢？这旧月历真令我为难。去年和前年我都用飞鸟图案的月历，鸟是画的，画家是杨恩生。看画鸟，感觉上如见画饼，心中不免有些怅怅然。想来是因为拍摄不易，只好画了。而拍摄不易是因为鸟快死光了。

每个月每个月，在翻过岁月的扉页之际，好鸟的羽翼翩飞，令我出神。啊。亲爱的八色鸟，亲爱的黄腹琉璃，亲爱的河乌……为我活下去吧，我们彼此都是生存不容易的生物，大家互勉吧！

非常奇怪的一件事是：

对我而言，这些画中鸟，仍然栖息在树上。

而我所谓的树，此刻已然是纸。

摸着由树木投胎转世的纸，我仍能感到沁凉的绿意，我仍然感到月光从当年的枝丫间筛下，如沙漏泻屑时的晶白。

画中的鸟定定地站在那里，它并没有觉察树已成纸，而纸也浑然噩然，竟没有发现此身已不再是树了。

纸和鸟是如此相依相就，恰如树和鸟。

我因而不忍将二者放入废纸箱里——对我而言，这世上并没有一种东西叫“废纸”，“废人”或许有，废纸却不存在，纸总是有用的。我喜欢那句古老的谚语：“船破有底，底破，有三千钉。”

用剩的月历纸能干什么呢？我说过，旧历年令人不由自主地善良，有如洋人一逢到圣诞节便转换频道，成为天使。

我凝视那纸，渐渐的，我明白了，我可以用它做一个纸夹。把岁月，把飞鸟，折成一方小小的钱夹。

爆竹声中，我慢慢折叠，这期间，当然还有许多琐事，但三天之后，我折出一百个钱夹来。

我很快乐，这些纸，这些鸟，这些岁月，此刻又成了钱夹。如果我有本事赠人以钱，大概可以引起街头小小的快乐骚动吧？但我只能赠人以钱夹，我想，这也许更好。

而纸夹又是比皮夹好的东西。皮夹的背面沾着某只可爱动物的血。它虽然触手柔滑熟韧，却不免藏着一声凄厉的哀鸣。皮革，谁不爱呢？不过，能不用它就不用吧！

纸夹，除了不够气派，其实非常好用，而“气派”那东西，谁真的需要它呢？

每一张纸都是一截树木为我们粉身碎骨以后的遗容，我们理当感恩怀德。对待每一张纸都像对千元大钞一般敬重珍惜吧！他们本是同根同生的生命啊！

不管机械文明发展哪一地步，亲手工作仍是好事。一旦把一百枚钱夹做完，内心喜悦无限，仿佛那些岁月重新有了归依，而飞鸟，在绕树三匝之后，也一一找到可栖之枝。

（钱夹一百枚，后来都签了名送给需要的人。）

其实，你跟我都是借道前行的过路人

那天放假，是端午节的假。从前，端午节是不放假的，原因不详。似乎是，从民国开始，新派的当权人士就对农历节庆有点仇视。但挨挨蹭蹭混了七十年多，发现老百姓还是爱过老节，终于投了降，把清明、端午、中秋的假一一照放。想来，说不定，有一天连旧历的花朝日或重阳节都放假也未可知。

那一天，因为是第一次得到一个新鲜的端午假日，十分兴奋，于是全家出发，驾上车，浩浩荡荡赴大屯山去赏蝶，以为庆贺。奇怪的是，事近十年，现在回想起来，那蝴蝶漂亮的青翅倒不算印象深刻，使我惊愕难忘的倒是另一幅景象。

蝴蝶并非不美丽，但它的美对我而言是“意料中事”，并无意外可言。我在导游手册上找到“蝴蝶廊”的名字，就“按图索蝶”前往大屯山一探，果真找到了它们。

但另外的那个景象却是我“碰”上的，导游手册里完全没提到。

那天我从阳投公路左转，往大屯山主峰的方向开去，蝴蝶廊便在大屯山主峰上。天气晴和，它们三三两两在阳光下舒翅，它们的翅膀有如青天一角，又如土耳其蓝玉。看完蝴蝶，我继续前往于右任墓，忽然，毫无防备，它，出现在车前。

它显然极度惊惶，它是一条碧绿色的小蛇。蛇虽然也有嘴脸眼睛，但蛇的表情大约是我们人类读不懂的吧？只是它急恐窜逃的样子我看得懂，它的肢体在痉挛中飞迅蠕动，把那翡翠一般优雅的皮色舞成一片模糊晃动的碎琉璃。

我在它横越马路的地方轻轻煞车，距它大约四公尺，我停在那里对它说：

“不要怕，我让你，你是行人，你先过。”

窄窄的山路，对它竟是天险难渡。不知是不是因为柏油路面不利于它的蠕动，它看来张皇失措。

“对不起，吓到你了，你的名字是不是叫小青？今天是端午节，你知不知道，今天这日子跟你们蛇族的故事有关呢！”

它战栗，这是它生死攸关、存亡续绝的时刻。

“不要这样，这条路又不是我的，我们两个都只不过是偶然借道前行的过路人罢了！你好好走嘛！这座山与其说属于我的祖先，不如说是属于你的祖先。我打扰了你们的领域，我说道歉都来不及，你又何必吓成这样呢？”

小蛇蹿入草丛，转瞬消失。

事情过了快十年了，它那抖动如飞鞭的身形，它那痛苦扭折的S

形常在我眼前晃动，我为自己和人类文明加诸它的苦楚而深感苦楚。

不知它如今还活着吗？曾经，某年某月某日某时，我与它，两个同被初夏阳光蛊惑而思有所动的生物，一起借道而行，行经光影灿烂的山路。它是那样碧莹美丽，我不能忘记。

大师·树林·鸟蛋

长夏，熏风南来的长夏。一梦悠悠的，长夏。

我们在美国旅行，一路看些校园建筑，这一天，来到普林斯顿。我对普林斯顿没有反应，我只知道爱因斯坦，仿佛那古树，那教堂，那图书馆，那美丽的喷水池全都不算数似的。

“啊，想想，从前，这里有一位大师耶！”

“啊，对了，”朋友看我发了痴，立刻附和，“这样吧，我带你去看爱因斯坦散步的树林。”

丢下我们一家，朋友暂时走了。于是我们小小心心一步一履地来走这条爱因斯坦小径。

不是古木参天、遮天蔽日的那种森林，却也不乏佳木秀树，令人流连顾步。想想，“黑森林”是有点可怕的，那么黑压压的，仿佛里面天经地义就该窝着一伙盗匪。而这种敞亮的树林却令人安心，天光云影徘徊在上，小松鼠逡巡在下，而老树又不时提供一些不按牌理出牌的古怪造型，令人瞠目半天，不知所解。

啊，原来要养一个爱因斯坦，所需要的不仅是什么国科会的研究津贴，而是一整片森林。

我继续往前走，虽没有什么高山溪谷之胜，却也没有任何一步的景观是不变化的。

走着走着，忽然眼前一亮，小径上出现一片粉粉蓝蓝的小东西，只有指甲盖那么大，我俯身捡起来一看，原来是鸟蛋的壳。是什么鸟？壳儿设计得那么漂亮？上帝大概有点耽美的癖好，大不了一个蛋壳，却也搏上了全力。蛋壳底色是“雨过天青”的湖水蓝，间或有几粒棕色小斑点，那斑点大约是为了混淆视觉设计的，像野战部队的迷彩装。

那蛋壳顶在我的食指上，我呆呆地瞪着它看，不知该怎么办。真的，任何东西只要一好得过头，我就会手忙脚乱，不知所措。爱因斯坦当年也看过这种蛋壳吧？当他俯首捡起一枚碎蛋壳的时候，他也曾心悸神慌吗？从蛋壳的弧度看去，那粒蛋大约是三公分乘二公分的椭圆，是知更鸟的蛋吧？鸟蛋的背后可能藏着一段情节，它可能意味着雏鸟孵化，留下蜕壳。却也可能为敌人掠食，未见日光即死。但有一件事是确定的，那就是说：这个小树林里有鸟，而这鸟，也仍有产卵的生殖能力。

国人形容某个地处蛮荒的所在，常说“那个鸟不生蛋的地方”其实，错了，鸟不生蛋的地方是台北，地理位置愈僻远，鸟越有机会生蛋，在台北，鸟即使生蛋，也会因为污染问题而致蛋壳脆薄难以孵化。

美国那么大，可看的东西那么多，我却怔怔地对着一片鸟蛋壳发愣，究竟是爱因斯坦？是普大？还是这座幽明千幻的树林子令我着了迷？

就人类而言，像爱因斯坦这样的角色应该是不可缺的。对爱因斯坦而言一座可供散步和沉思的树林应该是不可缺的。但对树林而言一窝子禽鸟却非有不可。至于鸟巢中非有不可的东西，当然就是几枚鸟蛋了。

大师已杳，就算我有幸曾赶在他生前和他一起在林中散步，我愿意牢牢记住的，恐怕也仍然只是那枚鸟蛋吧？

摘心

前不久，我忽然迷上种花，有一次，打电话问一个行家，她在电话里说："哦，矮牵牛啊！记得要摘心哪，愈摘，花发得愈好。"其实那番道理我早就懂，只是她是一个美丽慧黠的女孩，听她这么说，简直像听人说法似的，处处禅机。

想起小时候在屏东，院子里有木瓜，木瓜正发得兴头，冷不防我们小孩就把它的头摘掉了，再发，再摘。摘两下，木瓜就变聪明了，它知道还是赶快向旁发展为妙。鲜艳的矮牵牛花也是如此，我们把直往上冲的花心摘了，结果反而促使它从旁边发出四五枝分干来，生物的本能似乎是愈挫愈勇的。

在生命历程里，你们可能都曾一度遭到摘心之痛，但生命的本能就是用最委婉的方式求得其生存和飞扬。天地是宽厚仁慈的，失去的一枝主干，自有四五枝旁干来补足。一个繁花齐开的花季仍是可预期的。

花之笔记

知道你自己所爱的一种花，岁岁年年，在异国的蓝空下安然地开着，虽不相见，也有一份天涯相共的快乐。

《诗经》有一个别名，叫葩经，使我觉得桌上放一部《诗经》简直有一种破页而出的馥馥郁郁的香气。

中学在南部念书，校园大，每个学生都分了一块地来种，那年我们种长豇豆。

不知为什么，小小的田里竟长出了一朵小野菊——也许它的前身就跟豇豆的前身同在一片田野，收种子的时候又仍然混在一起，所以不经意时也就播在一起。也许是今春偶过的风，带来偶然的一抹色彩。

后来，老师要我们拔野草，我拔了。

“为什么不拔掉那棵草？”

“它不是草，”我抗议，“它是一朵小野菊。”

“拔掉，拔掉。”他竟动手拔掉了它，“你不知道什么叫草——

不是你要种的东西就是草。”

我是想种豇豆的吗？不，我并没有要种豇豆，我要种的只是生命。

许多年过去了，我仍然记得那丛被剥夺了生存权的小野菊。

那花，而被种在菜圃里，或者真是不幸的。

有一种花，叫爆仗花，我真喜欢那名字——因为有颜色，有声音，而且还几乎是一种进行式的动词。

那种花，香港比较多见，属于爬藤类，花不大，澄黄澄黄的仿佛千足的金子，开起来就狠狠地开满一架子，真仿佛屋子里有什么喜事，所以那样一路噼里啪啦地声势壮烈地燃响那欢愉的色彩。

还有一种花的花名也取得好，叫一丈红，很古典，又很泼悍。

其实那花倒也平常，只是因为那么好的名字，看起来只觉得是一柱仰天蹿起的红喷泉，从下往上喷，喷成一丈，喷成千仞，喷成一个人想象的极限。

有些花，是只在中国语文里出现，而在教科书里却不称其为花，像雪花、浪花。

所有的花都仰面而开，唯独雪花俯首而开，所有的花都在泥土深处结胎，雪花却在天空的高处成孕。雪花以云为泥，以风为枝丫，只开一次，飘过万里寒冷，单单地要落在一个赶路人温暖的衣领上，或是一个眺望者朦亮的窗纸上，只在六瓣的秩序里，美那么一刹，然后，回归为半滴水，回归入土。

浪花只开在海里，海不是池塘，不能滋生大片紫色的、白色的、粉色的花，上帝就把浪花种在海里，海里每一秒钟都盛开着浪花。

有什么花能比浪花开得更巨大，更泼旺，那样旋开旋灭，那样的方生方死——却又有四季不调，直开到地老天荒。

人站在海边，浪就像印度女子的佩然生响的足环，绕着你的脚踝而灿然作花。

有人玩冲浪，看起来整个人都开在花心里，站在千丝万绪的花蕊里。

把浪说成花，只有中国语文才说得那么好吧！

我讨厌一切的纸花、缎带花和塑胶花，总觉得那里面有一种越分，一种亵渎。

还有一种“干花”，脱了水，苍黄古旧，是一种花中的木乃伊，永远不枯，但常年的放在案头，让人觉得疲倦不堪。不知为什么，因为它永远不死，反而让你觉得它似乎从来没有光灿生猛地活过。

我只愿意爱鲜花，爱那明天就握不住的颜色、气息和形状——由于它明天就要消失了，所以我必须在今天用来不及的爱去爱它。我要好好地注视它，它的每一刹那的美其实都是它唯一一次的美，下一刹，或开或阖，它已是另一朵了。

我对鲜花的坚持，遇见玻璃花便破例了；哈佛的陈列室里有一屋子的玻璃花，那么纤柔透明——也许人造花做的极好以后就有一种近乎泄露天机的神秘性。

也许我爱的不是玻璃花，而是那份已成绝响的艺术，那些玻璃是一对父子做的，他们死后就失传了——花做得那么好当然也不是传得下来。

我真的不知道我是爱上那做得特别好的晶莹得虚幻的花，还是爱那花后面的一段寂寞的故事。

我爱花，也许不完全是爱花的本身，爱的是那份乍然相见的惊喜。

有一次，去海边，心里准备好是要去看海的，海边有一座小岩岬，我们爬上去，希望可以看得更远，不料石缝里竟冷不防地冒出一丛百合花来，白喷喷的。

整个事情差不多有点不讲理，来海边当然是要看海捡贝壳的，没有谁想看花，可是意外地遇上了花，不看也不忍心。

自己没有工作进度表，也不管别人的旅游日程——那朵花的可爱全在它的不讲道理。

我从来不能在花展中快乐，看到生命那么规矩地站在一列列的瓶瓶罐罐里，而且很合理地标上身价，就让我觉得丧气。

听说有一种罐头花，开罐后几天一定开花，那种花我还没有的看已经先发腻了。

生命不该充满神秘的未知吗？有大成大败、大悲大喜不是才有激荡的张力吗？文明取走了莳花者犯错误的权利，而使他的成功显得像一团干蜡般的无味。

我所梦想的花是那种可以猛悍得在春天早晨把你大声喊醒的栀子，或是走过郊野时闹得人招架不住的油菜花，或是清明节逼得雨中行人连魂梦都走投无路的杏花，那些各式各流的日本花道纳不进去的，市价标不出来的，不肯许身就范于园艺杂志的那一种未经世故的花。

让大地是众水浩渺中浮出来的一项意外，让百花是莽莽大地上扬起来的一声欢呼！

母亲的羽衣

可是，

所有的母亲都明白那仙女根本就知道箱子在哪里，

她也知道藏钥匙的所在，

在某个无人的时候，

她甚至会惆怅地开启箱子，

用忧伤的目光抚摸那些柔软的羽毛，

她知道，只要羽衣一着身，她就会重新回到云端，

可是她把柔软白亮的羽毛拍了又拍，

仍然无声无息地关上箱子，藏好钥匙。

母亲的羽衣

讲完了牛郎织女的故事，细看儿子已经垂睫睡去，女儿却犹自瞪着坏坏的眼睛。

忽然，她一把抱紧我的脖子把我赘得发疼：

“妈妈，你说，你是不是仙女变的？”

我一时愣住，只胡乱应道：

“你说呢？”

“你说，你说，你一定要说。”她固执地扳住我不放，“你到底是不是仙女变的？”

我是不是仙女变的？——哪一个母亲不是仙女变的？

像故事中的小织女，每一个女孩都曾住在星河之畔，她们织虹纺霓，藏云捉月，她们几曾烦心挂虑？她们是天神最偏怜的小女儿，她们终日临水自照，惊讶于自己美丽的羽衣和美丽的肌肤，她们久久凝注着自己的青春，被那份光华弄得痴然如醉。

而有一天，她的羽衣不见了，她换上了人间的粗布——她已经决定做一个母亲。有人说她的羽衣被锁在箱子里，她再也不能飞翔了。人们还说，是她丈夫锁上的，钥匙藏在极秘密的地方。

可是，所有的母亲都明白那仙女根本就知道箱子在哪里，她也知道藏钥匙的所在，在某个无人的时候，她甚至会惆怅地开启箱子，用忧伤的目光抚摸那些柔软的羽毛，她知道，只要羽衣一着身，她就会重新回到云端，可是她把柔软白亮的羽毛拍了又拍，仍然无声无息地关上箱子，藏好钥匙。

是她自己锁住那身昔日的羽衣的。

她不能飞了，因为她已不忍飞去。

而狡黠的小女儿总是偷窥到那藏在母亲眼中的秘密。

许多年前，那时我自己还是小女孩，我总是惊奇地窥伺着母亲。

她在口琴背上刻了小小的两个字——“静鸥”，那里面有什么故事吗？那不是母亲的名字，却是母亲名字的谐音，她也曾梦想过自己是一只静栖的海鸥吗？她不怎么会吹口琴，我甚至想不起她吹过什么好听的歌，但那名字对我而言是母亲神秘的羽衣，她轻轻写那两个字的时候，她可以立刻变了一个人，她在那名字里是另外一个我所不认识的有翅的什么。

母亲晒箱子的时候是她另外一种异常的时刻，母亲似乎有好些东西，完全不是拿来用的，只为放在箱底，按时年年在三伏天取出来暴晒。

记忆中母亲晒箱子的时候就是我兴奋欲狂的时候。

母亲晒些什么？我已不记得，记得的是樟木箱子又深又沉，像一个混沌黝黑初生的宇宙，另外还记得的是阳光下竹竿上富丽夺人的颜色，以及怪异却又严肃的樟脑味，以及我在母亲喝噤声中东摸摸西探探的快乐。

我唯一真正记得的一件东西是幅漂亮的湘绣被面，雪白的缎子上，绣着兔子和翠绿的小白菜，和红艳欲滴的小杨花卜，全幅上还绣了许多别的令人惊讶赞叹的东西，母亲一边整理，一面会忽然回过头来说：“别碰，别碰，等你结婚就送给你。”

我小的时候好想结婚，当然也有点害怕，不知为什么，仿佛所有的好东西都是等结了婚就自然是我的了，我觉得一下子有那么多好东西也是怪可怕的事。

那幅湘绣后来好像不知怎么就消失了，我也没有细问。对我而言，那么美丽得不近真实的东西，一旦消失，是一件合理得不能再合理的事。譬如初春的桃花，深秋的枫红，在我看来都是美丽得违了规的东西，是茫茫大化一时的错误，才胡乱把那么多的美推到一种东西上去，桃花理该一夜消失的，不然岂不教世人都疯了？

湘绣的消失对我而言简直就是复归大化了。

但不能忘记的是母亲打开箱子时那份欣悦自足的表情，她慢慢地看着那幅湘绣，那时我觉得她忽然不属于周遭的世界，那时候她会忘记晚饭，忘记我扎辫子的红绒绳。她的姿势细想起来，实在是仙女依恋地轻抚着羽衣的姿势，那里有一个前世的记忆，她又快乐又悲哀地将之一一拾起，但是她也知道，她再也不会去拾起往昔了——唯其不会重拾，所以回顾的一刹那更特别的深情凝重。

除了晒箱子，母亲最爱回顾的是早逝的外公对她的宠爱。有时她胃痛，卧在床上，要我把头枕在她的胃上，她慢慢地说起外公。外公似乎很舍得花钱（当然也因为有钱），总是带她上街去吃点心，她总是告诉我当年的肴肉和汤包怎么好吃，甚至煎得两面黄的炒面和女生宿舍里早晨订的冰糖豆浆（母亲总是强调“冰糖”豆浆，因为那是比“砂糖”豆浆更为高贵的）都是超乎我想象力之外的美味，我每听她说那些事的时候，都惊讶万分——我无论如何不能把那些事和母亲联想在一起，我从有记忆起，母亲就是一个吃剩菜的角色，红烧肉和新炒的蔬菜简直就是理所当然地放在父亲面前的，她自己的面前永远是一盘杂拼的剩菜和一碗“擦锅饭”（擦锅饭就是把剩饭在炒完菜的剩锅中一炒，把锅中的菜汁都擦干净了的那种饭），我简直想不出她不吃剩菜的时候是什么样子。

而母亲口里的外公、上海、南京、汤包、肴肉全是仙境里的东西，母亲每讲起那些事，总有无限的温柔，她既不感伤，也不怨叹，只是那样平静地说着。她并不要把那个世界拉回来，我一直都知道这一点，我很安心，我知道下一顿饭她仍然会坐在老地方吃那盘我们大家都不爱吃的剩菜。而到夜晚，她会照例一个门一个窗地去检点去上闩。她一直都负责把自己牢锁在这个家里。

哪一个母亲不曾是穿着羽衣的仙女呢？只是她藏好了那件衣服，

然后用最黯淡的一件粗布把自己掩藏了，我们有时以为她一直就是那样的。

而此刻，那刚听完故事的小女儿鬼鬼地在窥伺着什么？

她那么小，她何由得知？她是看多了卡通，听多了故事吧？她也发现了什么吗？

是在我的集邮本偶然被儿子翻出来的那一刹那吗？是在我拣出石涛画册或汉碑并一页页细味的那一刻吗？是在我猛然回首听他们弹一阕熟悉的钢琴练习曲的时候吗？抑是在我带他们走过年年的春光，不自主地驻足在杜鹃花旁或流苏树下的一瞬间吗？

或是在我动容地托住父亲的勋章或童年珍藏的北平画片的时候，或是在我翻拣夹在大字典里的干叶之际，或是在我轻声的教他们背一首唐诗的时候……

是有什么语言自我眼中流出呢？是有什么音乐自我腕底泻过吗？为什么那小女孩会问道：

“妈妈，你是不是仙女变的呀？”

我不是一个和千万母亲一样安分的母亲吗？我不是把属于女孩的羽衣收折得极为秘密吗？我在什么时候泄漏了自己呢？

在我的书桌底下放着一个被人弃置的木质砧板，我一直想把它挂起来当一幅画，那真该是一幅庄严的画，那样承受过万万千千生活的刀痕和凿印的，但不知为什么，我一直也没有把它挂出来……

天下的母亲不都是那样平凡不起眼的一块砧板吗？不都是那样柔

顺地接纳了无数尖锐的割伤却默无一语的砧板吗？

而那小女孩，是凭什么神秘的直觉，竟然会问我：

“妈妈？你到底是不是仙女变的？”

我掰开她的小手，救出我被吊得酸麻的脖子，我想对她说：

“是的，妈妈曾经是一个仙女，在她做小女孩的时候，但现在，她不是了，你才是，你才是一个小小的仙女！”

但我凝注着她晶亮的眼睛，只简单地说了一句：

“不是，妈妈不是仙女，你快睡觉。”

“真的？”

“真的！”

她听话地闭上了眼睛，旋又不放心睁开。

“如果你是仙女，也要教我仙法哦！”

我笑而不答，替她把被子掖好，她兴奋地转动着眼珠，不知在想什么。

然后，她睡着了。

故事中的仙女既然找回了羽衣，大约也回到云间去睡了。

风睡了，鸟睡了，连夜也睡了。

我守在两张小床之间，久久凝视着他们的睡容。

回到家里

去年暑假，我不解事的小妹妹曾悄悄地问起母亲：

“那个晓姐姐，她怎么还不回她台北的家呢？”

原来她把我当成客人了，以为我的家在台北。这也难怪，我离家读大学的时候，她才三岁，大概这种年龄的孩子，对于一个每年只在寒暑假才回来的人，难免要产生“客人”的错觉吧？

这次，我又回来了，回来享受主人的权利，外加客人的尊敬。

三轮车在月光下慢慢地踏着，我也无意催他。在台北想找一个有如此雅兴的车夫，倒也不容易呢。我悠闲地坐在许多行李中间，望着星空，望着远处的灯光，望着朦胧的夜景，感到一种近乎出世的快乐。

车子行在空旷的柏油路上，月光下那马路显得比平常宽了一倍。浓郁的稻香飘荡着，那醇厚的香气，就像有固着性似的，即使面对着一辆开过来的车子，也不会退却的。

风，有意无意地吹着。忽然，我感到某种极轻柔的东西吹落在我的颈项上，原来是一朵花儿。我认得它，这是从凤凰木上落下来的，那鲜红的瓣儿，让人觉得任何树只要拼出血液来凝成这样一点的红色，便足以心力交瘁而死去了。但当我猛然抬首的当儿，却发现每棵树上竟都聚攒着千千万万片的花瓣，在月下闪着璀璨的光与色，这种气派绝不是人间的！我不禁痴痴地望着它们，夜风里不少瓣儿都辞枝而落，于是，在我归去的路上便铺上一层豪华美丽的红色地毯了。

车在一家长着大榕树的院落前面停了下来，我递给他十元，他只找了我五元就想走了，我不说什么，依旧站着不动，于是他又找了我一块钱，我才提着旅行袋走回去。我怎么会上当呢？这是我的家啊！

出来开门的是大妹，她正为大学联考在夜读，其余的人都睡了。我悄悄走入寝室，老三醒了，揉揉眼睛，说："呀，好漂亮！"便又迷迷糊糊地入梦了。我漂亮吗？我想这到底是回家了，只有家里，每一个人才都是漂亮的，没有一个妹妹会认为自己的姐姐丑，我有一个朋友，她的妹妹竭力怂动她，想让她去竞选中国小姐呢！

第二天我一醒来，柚子树的影子在纱窗上跳动了，柚子树是我十分喜欢的，即使在不开花的时候，它也散布着一种清洁而芳香的气味。我推枕而起，看到柚子树上居然垂满了新结的柚子，那果实带着一身碧绿，藏在和它同色的叶子里，多么可佩的态度，当它还没有成熟的时候，它便谦逊地隐藏着，一直到它个体庞大了，果汁充盈了，才肯着上金色的衣服，把自己献给人类。

这时，我忽然听到母亲的声音，她说：

“你去看看，是谁回来了。”

于是门开了，小妹妹跳了进来。

“啊，晓姐姐晓姐姐。”她的小手便开始来拉我了，“起来吃早饭，我的凳子给你坐。”

“谁要我坐他的凳子，就得给我一毛钱。”我说。

“我有一毛，你坐我的。”弟弟很兴奋地叫起来。

“等一下我就有五毛了，你先坐我的，一会就给你。”

我奇怪这两个常在学校里因为成绩优异而得奖了的孩子，今天竟连这个问题也搞不清楚了。天下哪有坐别人座位还要收费的道理？也许因为这是家吧，在家里，许多事和世界上的真理是不大相同的。

刚吃完饭，一部脚踏车倏然停在门前，立刻，地板上便响起一阵赛跑的脚步声。

“这是干什么的？”没有一个人理我，大家都向那个人跑去。

于是我看到一马领先的小妹妹从那人手里夺过一份报纸，很得意地回来了，其余的人没有抢到，只好做退一步的要求：

“你看完给我吧！”

“再下来就是我。”

“然后是我。”

乱嚷了一阵，他们都回来了，小妹妹很神秘地走进来，一把将报纸塞在我手里。

“给你看，晓姐姐。”

“我没有说报纸啊！”

“你说了的！”

“我不知道，没有报纸啊！”她傻傻地望着我。

“你刚才到底说什么？”

“说包‘挤’。”她用一根肥肥的手指指着我枕旁的纸包，我打开来一看，是个热腾腾的包子。原来她把“子”说成“挤”了，要是在学校里，老师准会骂她的，但这里是家，她便没有受磨难的必要了，家里每一个人都原谅她，认为等她长大了，牙齿长好了，自然会说清楚的。

我们家里常有许多小客人，这或许是因为我们客厅中没有什么高级装潢的缘故，我们既没有什么古瓶、宫灯或是地毯之类的饰物，当然也就不在乎孩子们近乎野蛮的游戏了，假如别人家里是“高朋满座”的话，我们家里应该是“小朋满座”了。这些小孩每次看到我，总显得有几分畏惧，每当这种时候，我常想，我几乎等于一个客人了，但好心的弟弟每次总能替我解围。

“不要怕，她是我姐姐。”

“她是干什么的？”

“她上学，在台北，是上大学呢。”

“这样大还得上学吗？”

“你这人，”弟弟瞪了他两眼，“大学就是给大孩子上的，你知不知道，大学，你要晓得，那是大学，台北的大学。”

弟弟妹妹多，玩起游戏来是比较容易的，一天，我从客厅里走过，他们正在玩着“扮假家”的游戏，他们各人有一个家，家中各有几个洋娃娃充作孩子，弟弟扮一个医生，面前放着许多瓶瓶罐罐，聊以点缀他寂寞的门庭。我走过的时候他竭力叫住我，请我去看病。

“我没病！”说完我赶快跑了。

于是他又托腮长坐，当他一眼看到老三经过的时候，便跳上前去，一把捉住她：

“来，来，快来看病，今天半价。”

老三当然拼命挣扎，但不知从哪里钻出许多小鬼头，合力拉她，最后这健康的病人，终于坐在那个假医生的诊所里了，看她那一脸愁容，倒像是真的病了呢，做医生的用两条串好的橡皮筋，绑着一个酱油瓶盖，算是听诊器，然后又装模作样地摸了脉，便断定该打盐水针。所谓盐水针，上端是一个高高悬着的水瓶，插了一根空心的塑胶线，下面垂着一枚亮晶晶的大钉子，居然也能把水引出来。他的钉尖刚触到病的胳臂，她就大声呼号起来，我以为是戳痛了，连忙跑去抢救，却听到她断断续续地说：

“不行，不行，痒死我了。”

打完了针，医生又给她配了一服药，那药原来是一把拌了糖的番石榴片，世界上有这样可爱的药吗？我独自在外的时候，每次病了，总要吃些像毒物一样可怕的药。哦，若是在那时能有这样可爱的医生伴着我，我想，不用打针或吃番石榴片，我的病也会痊愈的。回家以后，生活极其悠闲，除了读书睡觉外，便是在庭中散步。庭院中有好几棵树，其中最可爱的便是芒果树，这是一种不能以色取胜的水果，我喜欢它那种极香的气味。

住在宿舍的时候，每次在长廊上读书，往往看到后山上鲜红的“莲雾”。有一次，曹说：“为什么那棵树不生得近一点呢？”事实上，生得近也不行啊，那是属于别人的东西；如果想吃，除了付钱就没有别的法子了，这个世界有太多的法律条文，把所有权划分得清楚极了，谁也不能碰谁的东西，只有在家里，在自己的家里，我才可以任意摘取，不会有人责备我，我是个主人啊！

回家以后唯一遗憾的，是失去了许多谈得来的朋友，以前我们常在晚餐后促膝谈心的。那时我们的寝室里经常充满了笑声，我常喜欢称她们为我“亲爱的室民”，而如今，我所统治的“满室的快乐”都暂时分散了。前天，我为丹寄去一盒芒果，让她也能分享我家居的幸福。家，实在太像一只朴实无华而又饱含着甜汁的芒果呢！

我在等，我想不久她的回信就会来的，她必会告诉我，她家中许多平凡而又动人的故事。我真的这样相信：每个人，当他回到自己家里的时候，一定会为甜蜜和幸福的所包围的。

我家独制的太阳水

六月盛夏，我去高雄演讲。一树一树阿勃拉的艳黄花串如同中了点金术，令城市灿碧生辉。

讲完了，我再南下，去看我远居在屏东的双亲。母亲八十、父亲九十一，照中国人的说法是九十二。何况他的生日是正月初七，真的是每年都活得足足的，很够本。我对他的年龄充满敬意。在我看来，他长寿，完全是因为他十分收敛地在用他的“生命配额”的缘故（“配额”是外贸方面的术语，指一个厂商从政府得到的营业限量）。

依照中国民间流传的说法，一个人一生的“福禄资源”是有其定量的。你如果浪费成性，把该吃的米粮提早吃完，司掌生死簿的那一位，也就只好开除你的“人籍”了。

我的父亲不然，他喝酒，以一小杯为度。他吃饭，食不厌粗。一件草绿色的军背心，他可以穿到破了补，补了又加补的程度。“治装费”对他来说是个离奇不可思议的字眼。事实上他离开军旅生涯已经四十年了，那些衣服仍穿不完地穿着，真穿成烂布的时候，他又央求妈妈扯成抹布来用。

我算是个有环保概念的人，但和父亲一比，就十分惭愧。我的概念全是“学而知之”，是思考以后的道德决定。我其实喜欢冷气，喜欢发光的进口石材铺成的地面，喜欢华贵的地毯和兽皮，喜欢红艳的葡萄酒盛在高脚水晶杯里……我之选择简朴是因为逃避，逃避不该有的堕落与奢华。但父亲，出生于农家的父亲，他天生就环保，他是“生而知之”的环保人士。

回到家里，晒衣绳上到处都有父亲三四十年来手制的衣架。衣架制法简单，找根一二公分宽的竹条，裁做三四十公分长的竹段，中间打一个小洞，穿过铁丝，铁丝扭作“S”形，就可以挂衣服了。

父亲的藏书也离奇，他不买精装书，只买平装书。他认为国人的精装书多半是“假精装”，只是把硬纸粘贴在书外面而已（后来，有出版界的朋友告诉我，的确如此）。勤看书的人只消一个礼拜就可以让它皮肉分家。父亲的书，他真看（不像我，我早年见书就买，买了就乱堆，至于看不看，那又是另外一件事）。他保护书的方法是把书一买来就加道装订手续。他用线装书的方法，每本书都钻四五个孔，再用细线缝过。他的办法也的确有用，三十年后，竟没有一本书脱线掉页的。

我偷了父亲一本《唐诗三百首》，放在我自己的书架上。其实这本书我已经有好几个不同的版本了，何必又去偷父亲的？只因那本书父亲买了五十年，他用一张牛皮纸包好，我打开来一看，原来那是一个拆开的大信封的反面，大信封的正面看得出来写的是在南京的地址，那时候，父亲是联勤总部的一个副处长。老一辈的人惜物至此，令我觉得那张黄旧的包书纸比书里的三百首诗还有意思。

夏天，父亲另有一项劳己利人的活动。他拿六七只大铝壶接满水，放在院子里晒。到下午，等小孩放学以后，那便是我家独制的“太阳水”，可以用来洗澡。至于那些大壶也不是花钱另买的，而是历年囤积的破壶。那年代没有不锈钢壶，只有铝壶，南部水硬，壶底常结碱，壶的损坏率很高。壶漏了，粘补一下，煮水不行，晒水倒可以。可惜父亲三年前跌了一跤，太阳水就没人负责制造了，我多么怀念那温暖如血液般的太阳水，如果有人告诉我洗了太阳水包治百病，我也是相信的啊！

父亲年轻时念师范，以后从军，军校六期毕业，也曾短期赴美，退役的时候是步兵学校副校长，官阶是陆军少将，总算也是个人物了。但他真正令我佩服的全然不是那些头衔，而是他和物质之间那种简单素朴的疼惜珍重。

我把他的高统马靴偷带回台北。马靴，是父亲五十年前骑马时用的。那马靴早已经僵硬脆裂，不堪穿用了。但我要留着它，我要学会珍惜父亲的珍惜。

一握头发

洗脸池的右角胡乱放着一小团湿头发，犯人很好抓，准是女儿做的，她刚才洗了头。

讨厌的小孩，自己洗完了头，却把掉下来的头发放在这里不管，什么意思？难道要靠妈妈一辈子吗？我愈想愈生气，非要去教训她一场不可！

抓着那把头发，这下子是人赃俱获，还有什么可以抵赖，我朝她的房间走去。

忽然，我停下脚来。

她的头发在我的手指间显得如此细软柔和，我轻轻地搓了搓，这分明只是一个小女孩的头发啊，对于一个乖巧的肯自己去洗头发的小女孩，你还能苛求她什么呢？

而且，她柔软的头发或者是继承了我的吧，许多次，洗头发的小姐对我说：

“你的头发好软啊！”

“噢——”

“头发软的人好性情。”

我笑笑，作为一个家庭主妇，不会有太好的性情吧?

古人以三十年为一世，我现在握着女儿的细细的柔发，有如握着一世以前自己的发肤。

我走到女儿的房间，她正聚精会神地在看一本故事书。

“晴晴，”我简单地对她说，“你洗完头以后有些头发没有丢掉，放在洗脸池上了。”

她放下故事书，眼中有着等待挨骂的神气。

“我刚才帮你丢了，但是，下一次，希望你自己去丢。”

“好的。”她很懂事地说。

我走开，让她继续走入故事的途径——以前，我不也是那样的吗?

不识

父母能赐你以相似的骨肉与血脉，却从不与你一颗真正解读他们的心。

家人至亲，我们自以为极亲极爱极了解的，其实我们所知道的也只是肤表的事件而不是刻骨的感觉。

父亲的追思会上，我问弟弟：

“追诉平生，就由你来吧，你是儿子。”

弟弟沉吟了一下，说：

“我可以，不过我觉得你知道的事情更多些，有些事情，我们小的没赶上。”

然而，我真的知道父亲吗？我们曾认识过父亲吗？我愕然不知怎么回答。

“小的时候，家里穷，除了过年，平时都没有肉吃，如果有客人来，就去熟肉铺子切一点肉，偶尔有个挑担子卖花生米小鱼的人经过，我们小孩子就跟着那个人走。没得吃，看看也是好的，我们就这样跟着跟着，一直走，都走到隔壁庄子去了，就是舍不得回头。”

那是我所知道的，他最早的童年故事。我有时忍不住，想掏把钱塞给那九十年前的馋嘴小男孩，想买一把花生米小鱼填填他的嘴……

我问我自己，你真的了解那小男孩吗？还是你只不过在听故事？如果你不曾穷过饿过，那小男孩巴巴的眼神你又怎么读得懂呢？

读完徐州城里的第七师范的附小，他打算读第七师范，家人带他去见一位堂叔，目的是借钱。

堂叔站起身来，从一把旧铜壶里掏出二十一块银圆。

堂叔的那二十一块银圆改变了父亲的一生。

我很想追上前去看一看那堂叔看着他的怜爱的眼神。他必是族人中最聪明的孩子，堂叔才慨然答应借钱的吧！听说小学时代，他每天上学都不从市内走路，嫌人车杂沓。他宁可绕着古城周围的城墙走，他一面走，一面大声背书。那意气飞扬的男孩，天下好像没有可以难倒他的事。

然而，我真认识那孩子吗？那个捧着二十一块银圆来向这个世界打天下的孩子。我平生读书不过只求缘尽兴而已，我大概不能懂得那一心苦读求上进的人，那孩子，我不能算是深识他。

“台湾出的东西，就是没老家的好！”父亲总爱这么感叹。

我有点反感，他为什么一定要坚持老家的东西比这里好呢？他离开老家都已经这么多年了。

“老家没有的就不说了，咱说有的，譬如这香椿。”他指着院子里的香椿树，台湾的，“长这么细细小小一株。在我们老家，那可是和榕树一样的大树咧！而且台湾是热带，一年到头都能长新芽，那芽也就不嫩了。在我们老家，只有春天才冒得出新芽来，忽然一下，所有的嫩芽全冒出来了，又厚又多汁，大人小孩全来采呀，采下来用盐一揉，放在格架上晾，那架子上腌出来的卤汁就呼噜——呼噜——地一直流，下面就用盆接着，那卤汁下起面来，那个香呀——”

我吃过韩国进口的盐腌香椿芽，从它的形貌看来，揣想它未腌之前一定也极肥厚，故乡的香椿芽想来也是如此。但父亲形容香椿在腌制的过程中竟会“呼噜——呼噜 ——”流汁，我被他言语中的象声词所惊动，那香椿树竟在我心里成为一座地标，我每次都循着那株香椿树去寻找父亲的故乡。

但我真的明白那棵树吗?

父亲晚年，我推轮椅带他上南京中山陵，只因他曾跟我说过：“总理下葬的时候，我是军校学生，上面在我们中间选了些人去抬棺材，我被选上了……”

他对总理一心崇敬——这一点，恐怕我也无法十分了然。我当然也同意孙中山是可敬佩的，但恐怕未必那么百分之百的心悦诚服。

“我们，那个时候……读了总理的书……觉得他讲的才是真有道理……”

能有一人令你死心塌地，生死追随，父亲应该是幸福的——而这种幸福，我并不能体会。

年轻时的父亲，又一次去打猎。一枪射出，一只小鸟应声而落，他捡起一看，小鸟已肚破肠流，他手里提着那温暖的肉体，看着那腹腔之内一一俱全的五脏，忽然决定终其一生不再射猎。

父亲在同事间并不是一个好相处的人，听母亲说有人给他起个外号叫“杠子手”，意思是耿直不圆转，他听了也不气，只笑笑说“山难改，性难移”，从来不屑于改正。然而在那个清晨，在树林里，对一只小鸟，他却生慈柔之心，誓言从此不射猎。

父亲的性格如铁如砧，却也如风如水——我何尝真正了解过他？

《红楼梦》第一百二十回，贾政眼看着光头赤脚身披红斗篷的宝玉向他拜了四拜，转身而去，消失在茫茫雪原里，说：

“竟哄了老太太十九年，如今叫我才明白——”

贾府上下数百人，谁又曾明白宝玉呢？家人之间，亦未必真能互相解读吧？

我于我父亲，想来也是如此无知无识。他的悲喜、他的起落，他的得意与哀伤、他的憾恨与自足，我哪能都能一一探知、一一感同身受呢？

蒲公英的散蓬能叙述花托吗？

不，它只知道自己在一阵风后身不由己地和花托相失相散了，它只记得叶嫩花初之际，被轻轻托住的安全的感觉。它只知道，后来，就一切都散了，胜利的也许是生命本身，草原上的某处，会有新的蒲公英冒出来。

我终于明白，我还是不能明白父亲。至亲如父女，也只能如此。

我觉得痛，却亦转觉释然，为我本来就无能认识的生命，为我本来就无能认识的死亡，以及不曾真正认识的父亲。原来没有谁可以彻骨认识谁，原来，我也只是如此无知无识。

鼻子底下就是路

走下地下铁，只见中环车站人潮汹涌，是名副其实的“潮”，一波复一波，一涛叠一涛。在世界各大城的地下铁里香港因为开始得晚，反而后来居上，做得非常壮观利落。但车站也的确大，搞不好明明要走出去的却偏偏会走回来。

我站住，盘算一番，要去找个人来问话。虽然满车站都是人，但我问路自有精挑细选的原则：

第一，此人必须慈眉善目，犯不上问路问上凶神恶煞。

第二，此人走路速度必须不徐不疾，走得太快的人你一句话没说完，他已蹿到十公尺外去了，问了等于白问。

第三，如果能碰到一对夫妇或情侣最好，一方面“一箭双雕”，两个人里面至少总有一个会知道你要问的路；另一方面大城市里的孤身女子甚至孤身男子都相当自危，陌生人上来搭话，难免让人害怕，一对人就自然而然的胆子大多了。

第四，偶然能向慧黠自信的女孩问上话也不错，她们偶或一时兴起，也会陪我走上一段路的。

第五，站在路边作等人状的年轻人千万别去问，他们的一颗心早因为对方的迟到急得沸腾起来，哪里有情绪理你，他和你说话之际，一分神说不定就和对方错过了，那怎么可以！

今天运气不错，那两个边说边笑的、衣着清爽的年轻女孩看起来就很理想，我于是赶上前去，问：

“母该垒，（不该你，即对不起之意）‘德铺道中’顶航（顶是“怎”的意思，航是“行走”的意思）？”我用的是新学的广东话。

“啊，果边航（这边行）就得了（就可以了）！”

两人还把我送到正确的出口处，指了方向，甚至还问我是不是台湾来的，才道了再见。

其实，我皮包里是有一份地图的，但我喜欢问路，地图太现代感了我不习惯，我仍然喜欢旧小说里的行路人，跨马走到三岔路口，跳下马唱声偌，对路边下棋的老者问道：

“老伯，此去柳家庄悦来客栈打哪里走？约莫还有多远脚程？”

老者抬头，骑者一脸英气逼人，老者为他指了路，无限可能的情节在读者面前展开……我爱的是这种问路，问路几乎是我的碰到机会就要发作的怪癖，原因很简单，我喜欢问路。

至于我为什么喜欢问路，则和外婆有很大的关系。外婆不识字，且又早逝，我对她的记忆多半是片段的，例如她喜欢自己捻棉成线，工具是一根筷子和一枚制线，但她令我最心折的一点却是从母亲听来的：

“小时候，你外婆常支使我们去跑腿，叫我们到××路去办事，我从小胆小，就说：‘妈妈，那条路在哪里？我不会走啊！’你外婆脾气坏，立刻骂起来，‘不认路，不认路，你真没用，路——鼻子底下就是路。’我听不懂，说：‘妈妈，鼻子底下哪有路呀？’后来才明白，原来你外婆是说鼻子底下就是嘴，有嘴就能问路！”

我从那一刹立刻迷上我的外婆，包括她的漂亮，她的不识字的智慧，她把长工短工田产地产管得井井有条的精力以及她蛮横的坏脾气。

由于外婆的一句话，我总是告诉自己，何必去走冤枉路呢？宁可一路走一路问，宁可在别人的恩惠和善意中立身，宁可像赖皮的小幺儿去仰仗哥哥姐姐的威风。渐渐地才发现能去问路也是一状权利，是立志不做圣贤不做先知的人的最幸福的权利。

每次，我所问到的，岂止是一条路的方向，难道不也是冷漠的都市人的一颗犹温的心吗？而另一方面，我不自量力，叩前贤以求大音，所要问的，不也是可渡的津口可行的阡陌吗？

每一次，我在陌生的城里问路，每一次我接受陌生人的指点和微笑，我都会想起外婆，谁也不是一出世就藏有一张地图的人，天涯的道路也无非边走边问，一路问出来的啊！

/ 张 晓 风 散 文 精 选 /

只因为年轻啊

想想年轻是多么好，

因为一切可以发生，也可以消弭，

因为可以行可以止可以歌可以哭，

那么还有什么可担心的呢？

只因为年轻啊

一　爱·恨

小说课上，正讲着小说，我停下来发问：“爱的反面是什么！”

“恨！”

大约因为对答案很有把握，他们回答得很快而且大声，神情明亮愉悦，此刻如果教室外面走过一个不懂中国话的老外，随他猜一百次也猜不出他们唱歌般快乐的声音竟在说一个“恨”字。

我环顾教室，心里浩叹，只因为年轻啊，只因为太年轻啊，我放下书，说：

“这样说吧，譬如说你现在正谈恋爱，然后呢？就分手了，过了五十年，你七十岁了，有一天，黄昏散步，冤家路窄，你们又碰到一起了，这时候，对方定定地看着你，说：

“‘×××，我恨你！’”

“如果情节是这样的，那么，你应该庆幸，居然被别人痛恨了半个世纪，恨也是一种很容易疲倦的情感，要有人恨你五十年也不简单，怕就怕在当时你走过去说：

“‘×××，还认得我吗？’”

“对方愣愣地呆望着你说：

“‘啊，有点面熟，你贵姓？’”

全班学生都笑起来，大概想象中那场面太滑稽、太尴尬吧？

“所以说，爱的反面不是恨，是漠然。”

笑罢的学生能听得进结论吗？——只因为太年轻啊，爱和恨是那么容易说得清楚的一个字吗？

二　受创

来采访的学生在客厅沙发上坐成一排，其中一个发问道：

“读你的作品，发现你的情感很细致，并且说是在关怀，但是关怀就容易受伤，对不对？那怎么办呢？”

我看了她一眼，多年轻的额，多年轻的颊啊，有些问题，如果要问，就该去问岁月，问我，我能回答什么呢？但她的明眸定定地望着我，我忽然笑起来，几乎有点促狭的口气。

“受伤，这种事是有的——但是你要保持一个完完整整不受伤的自己做什么用呢？你非要把你自己保卫得好好的不可吗？”

她惊讶地望着我，一时也答不上话。

人生世上，一颗心从擦伤、灼伤、冻伤、撞伤、压伤、扭伤，乃至到内伤，哪能一点伤害都不受呢？如果关怀和爱就必须包括受伤，那么就不要完整，只要撕裂，基督不同于世人的，岂不正在那双钉痕宛在的受伤手掌吗？

小女孩啊，只因年轻，只因一身光灿晶润的肌肤太完整，你就舍不得碰碰撞撞就害怕受创吗！

三　经济学的旁听生

“什么是经济学呢？”他站在讲台上，戴眼镜，灰西装，声音平静，典型的中年学者。

台下坐的是大学一年级的学生，而我，是置身在这二百人大教室里偷偷旁听的一个。

从一开学我就昂奋起来，因为在课表上看见要开一门《社会科学概论》的课程，包括四位教授来设“政治”“法律”“经济”“人类学”四个讲座。想起可以重新做学生，去听一门门对我而言崭新的知识，那份喜悦真是掩不住藏不严，一个人坐在研究室里都忍不住要轻轻地笑起来。

“经济学就是把‘有限资源’做‘最适当的安排’，以得到‘最好的效果’。”

台下的学生沙沙地抄着笔记。

“经济学为什么发生呢？因为资源‘稀少’，不单物质‘稀少’，时间也‘稀少’——而‘稀少’又是为什么？因为，相对于

‘欲望’，一切就显得‘稀少’了……”

原来是想在四门课里跳过经济学不听的，因为觉得讨论物质的东西大概无甚可观，没想到一走进教室来竟听到这一番解释。

“你以为什么是经济学呢？一个学生要考试，时间不够了，书该怎么念，这就叫经济学啊！”

我愣在那里反复想着他那句“为什么有经济学——因为稀少——为什么稀少，因为欲望”而麻颤惊动，如同山间顽崖愚壁偶闻大师说法，不免震动到石骨土髓咯咯作响的程度。原来整场生命也可作经济学来看，生命也是如此短小稀少啊！而人的不幸却在于那颗永远渴切不止的有所索求、有所跃动、有所未足的心，为什么是这样的呢？为什么竟是这样的呢？我痴坐着，任泪下如麻不敢去动它，不敢让身旁年轻的助教看到，不敢让大一年轻的孩子看到。奇怪，为什么他们都不流泪呢？只因为年轻吗？因年轻就看不出生命如果像戏，也只能像一场短短的独幕剧吗？“朝如青丝暮成雪”，乍起乍落的一朝一暮间又何尝真有少年与壮年之分？“急罚盏，夜阑灯灭”，匆匆如赴一场喧哗夜宴的人生，又岂有早到晚到早走晚走的分别？然而他们不悲伤，他们在低头记笔记。听经济学听到哭起来，这话如果是别人讲给我听，我大概会大笑，笑人家的滥情，可是……

“所以，”经济学教授又说话了，“有位文学家卡莱亚这样形容：经济学是门‘忧郁的科学’……”

我疑惑起来，这教授到底是因有心而前来说法的长者，还是以无心来渡脱的异人？至于满堂的学生正襟危坐是因岁月尚早，早如揭衣初涉水的浅溪，所以才凝然无动吗？为什么五月山栀子的香馥里，独独旁听经济学的我为这被一语道破的短促而多欲的一生而又惊又痛泪如雨下呢？

四　如果作者是花

年年岁岁花相似，岁岁年年人不同。

诗选的课上，我把句子写在黑板上，问学生：

“这句子写得好不好？”

“好！”

他们的声音听起来像真心的，大概在强说愁的年龄，很容易被这样工整、俏皮而又怅惘的句子所感动吧？

“这是诗句，写得比较文雅，其实有一首新疆民谣，意思也跟它差不多，却比较通俗，你们知道那歌词是怎么说的？”

他们反应灵敏，立刻争先恐后地叫出来：

太阳下山明早依旧爬上来，

花儿谢了明年还是一样地开。

美丽小鸟飞去不回头，

我的青春小鸟一样不回来，

我的青春小鸟一样不回来，

那性格活泼的干脆就唱起来了。

“这两种句子从感性上来说，都是好句子，但从逻辑上来看，却有不合理的地方——当然，文学表现不一定要合逻辑，但是我还是希望你们看得出来问题在哪里。”

他们面面相觑，又认真地反复念诵句子，却没有一个人答得上来。我等着他们，等满堂红润而聪明的脸，却终于放弃了，只因太年轻啊，有些悲凉是不容易觉察的。

“你知道为什么说‘花相似’吗？是因为陌生，因为我们不懂花，正好像一百年前，我们中国是很少看到外国人，所以在我们看起来，他们全是一个样子，而现在呢，我们看多了，才知道洋人和洋人大有差别，就算都是美国人，有的人也有本领一眼看出住纽约、旧金山和南方小城的不同。我们看去年的花和今年的花一样，是因为我们不是花，不曾去认识花、体察花，如果我们不是人，是花，我们会说：

“‘看啊，校园里每一年都有全新的新鲜人的面孔，可是我们花却一年老似一年了。’

“同样的，新疆歌谣里的小鸟虽一去不回，太阳和花其实也是一去不回的，太阳有知，太阳也要说：

“‘我们今天早晨升起来的时候，已经比昨天疲软苍老了，奇

怪，人类却一代一代永远有年轻的面孔……’

“我们是人，所以感觉到人事的沧桑变化，其实，人世间何物没有生老病死，只因我们是人，说起话来就只能看到人的痛，你们猜，那句诗的作者如果是花，花会怎么写呢？”

“年年岁岁人相似，岁岁年年花不同。”他们齐声回答。

他们其实并不笨，不，他们甚至可以说是聪明，可是，刚才他们为什么全不懂呢？

只因为年轻，只因为对宇宙间生命共有的枯荣代谢的悲伤有所不知啊！

五　高倍数显微镜

他是一个生物系的老教授，外国人，我认识他的时候他已经退休了。

“小时候，父亲是医生，他看病，我就站在他旁边，他说：‘孩子，你过来，这是哪一块骨头？’我就立刻说出名字来……”

我喜欢听老年人说自己幼小时候的事，人到老年还不能忘的记忆，大约有点像太湖底下捞起的石头，是洗净尘泥后的硬瘦剔透，上面附着一生岁月所冲积洗刷出的浪痕。

这人大概注定要当生物学家的。

“少年时候，喜欢看显微镜，因为那里面有一片神奇隐秘的世界，但是看到最细微的地方就看不清楚了，心里不免想，赶快做出高倍数的新式显微镜吧，让我看得更清楚，让我对细枝末节了解得更透彻，这样，我就会对生命的原质明白得更多，我的疑难就会消失……”

“后来呢？”

“后来，果然显微镜愈做愈好，我们能看清楚的东西，愈来愈多，可是……”

“可是什么？”

“可是我并没有成为我自己所预期的‘更明白生命真相的人’，糟糕的是比以前更不明白了，以前的显微倍数不够，有些东西根本没发现，所以不知道那里隐藏了另一段秘密，但现在，我看得愈细，知道的愈多，愈不明白了，原来在奥秘的后面还连着另一 串奥秘……”

我看着他清癯渐消的颊和清灼明亮的眼睛，知道他是终于“认了”，半世纪以前，那意气风发的少年以为只要一架高倍数的显微镜，生命的秘密便迎刃可解，什么使他敢生出那番狂想呢？只因为年轻吧？只因为年轻吧？而退休后，在校园的行道树下看花开花谢的他终于低眉而笑，以近乎撒赖的口气说：

“没有办法啊，高倍数的显微镜也没有办法啊，在你想尽办法以为可以看到更多东西的时候，生命总还留下一段奥秘，是你想不通猜不透的……”

六　浪掷

开学的时候，我要他们把自己形容一下，因为我是他们的导师，想多知道他们一点。

大一的孩子，新从成功岭下来，从某一点上看来，也只像高四罢了，他们倒是很合作，一个一个把自己尽其所能地描述了一番。

等他们说完了，我忽然觉得惊讶不可置信，他们中间照我来看分成两类，有一类说："我从前爱玩，不太用功，从现在起，我想要好好读点书。"另一类说："我从前就只知道读书，从现在起我要好好参加些社团，或者去郊游。"

奇怪的是，两者都有轻微的追悔和遗憾。

我于是想起一段三十多年前的旧事，那时流行一首电影插曲（大约是叫《渔光曲》吧），阿姨舅舅都热心播唱，我虽小，听到"月儿弯弯照九州"觉得是可以同意的，却对其中另一句大为疑惑。

"舅舅，为什么要唱'小妹妹青春水里流（或"丢"？不记得了）'呢？"

"因为她是渔家女嘛，渔家女打鱼不能上学，当然就浪费青春啦！"

我当时只知道自己心里立刻不服气起来，但因年纪太小，不会说理由，不知怎么吵，只好不说话，但心中那股不服倒也可怕，可以埋藏三十多年。

等读中学听到“春色恼人”，又不死心的去问，春天这么好，为什么反而好到令人生恼，别人也答不上来，那讨厌的甚至眨眨狎邪的眼光，暗示春天给人的恼和“性”有关。但事情一定不是这样的，一定另有一个道理，那道理我隐约知道，却说不出来。

更大以后，读《浮士德》，那些埋藏许久的问句都汇拢过来，我隐隐知道那里有番解释了。

年老的浮士德，坐对满屋子自己做了一生的学问，在典籍册页的阴影中他乍乍瞥见窗外的四月，歌声传来，是庆祝复活节的喧哗队伍。那一瞬间，他懊悔了，他觉得自己的一生都抛掷了，他以为只要再让他年轻一次，一切都会改观。中国元杂剧里老旦上场照例都要说一句“花有重开日，人无再少年”，（说得淡然而确定，也不知看戏的人惊不惊动），而浮士德却以灵魂押注，换来第二度的少年以及因少年才“可能拥有的种种可能”。可怜的浮士德，学究天人，却不知道生命是一桩太好的东西，好到你无论选择什么方式度过，都像是一种浪费。

生命有如一枚神话世界里的珍珠，出于沙砾，归于沙砾，晶光莹润的只是中间这一段短短的幻象啊！然而，使我们颠之倒之甘之苦之的不正是这短短的一段吗？珍珠和生命还有另一个类同之处，那就是你倾家荡产去买一粒珍珠是可以的，但反过来你要拿珍珠换衣换食却是荒谬的，就连镶成珠坠挂在美人胸前也是无奈的，无非使两者合作一场“慢动作的人老珠黄”罢了。珍珠只是它圆灿含彩的自己，你只能束手无策地看着它，你只能欢喜或喟然——因为你及时赶上了它出于沙砾且必然还原为沙砾之间的这一段灿然。

而浮士德不知道——或者执意不知道，他要的是另一次“可能”，像一个不知是由于技术不好或是运气不好的赌徒，总以为只要再让他玩一盘，他准能翻本。三十多年前想跟舅舅辩的一句话我现在终于懂得该怎么说了，打鱼的女子如果算是浪掷青春的话，挑柴的女子岂不也是吗？读书的名义虽好听，而令人眼目为之昏耗，脊骨为之佝偻，还不该算是青春的虚掷吗？此外，一场刻骨的爱情就不算烟云过眼吗？一番功名利禄就不算滚滚尘埃吗？不是啊，青春太好，好到你无论怎么过都觉浪掷，回头一看，都要生悔。

“春色恼人”那句话现在也懂了，世上的事最不怕的应该就是“兵来有将可挡，水来以土能掩”，只要有对策就不怕对方出招。怕就怕在一个人正小小心心地和现实生活斗阵，打成平手之际，忽然阵外冒出一个叫宇宙大化的对手，他斜里杀出一记叫“春天”的绝招，身为人类的我们真是措手不及。对着排天倒海而来的桃红柳绿，对着蚀骨的花香、夺魂的阳光，生命的豪奢绝艳怎能不令我们张皇无措，当此之际，真是不做什么要懊悔，做了什么也要懊悔。春色之叫人气恼跺脚，就是气在我们无招以对啊！

回头来想我导师班上的学生，聪明颖悟，却不免一半为自己的用功后悔，一半为自己的爱玩后悔——只因太年轻啊，只因年轻啊，以为只要换一个方式，一切就扭转过来而无憾了。孩子们，不是啊，真的不是这样的！生命太完美，青春太完美，甚至连一场匆匆的春天都太完美，完美到像喜庆节日里一个孩子手上的气球，飞了会哭，破了会哭，就连一日日空瘪下去也是要令人哀哭的啊！

所以，年轻的孩子，连这个简单的道理你难道也看不出来吗？生命是一个大债主，我们怎么混都是他的积欠户，既然如此，干脆宽下心来，来个“债多不愁”吧！既然青春是一场“无论做什么都觉是浪掷”的憾意，何不反过来想想，那么，也几乎等于“无论诚恳地做了什么都不必言悔”，因为你或读书或玩，或作战，或打鱼，恰恰好就是另一个人叹气说他遗憾没做成的。

然而，是这样的吗？不是这样的吗？在生命的面前我可以大发职业病做一个把别人都看作孩子的教师吗？抑或我仍然只是一个大年轻的蒙童，一个不信不服欲有辩而又语焉不详的蒙童呢？

你真好，你就像我少年伊辰

她坐在淡金色的阳光里，面前堆着的则是一堆浓金色的柑仔。是那种我最喜欢的圆紧饱甜的“草山桶柑”。而卖柑者向来好像都是些老妇人，老妇人又一向都有张风干橘子似的脸。这样一来，真让人觉得她和柑仔有点什么血缘关系似的，其实卖番薯的老人往往有点像番薯，卖花的小女孩不免有点像花蕾。

那是一条僻静的山径，我停车，蹲在路边，跟她买了十斤柑仔。

找完了钱，看我把柑仔放好，她朝我甜蜜温婉地笑了起来——连她的笑也有蜜柑的味道——她说：“啊，你这查某（女人）真好，我知，我看就知——”

我微笑，没说话，生意人对顾客总有好话说，可是她仍抓住话题不放：

“你真好——你就像我少年伊辰一样——”

我一面赶紧谦称“没有啦”，一面心里暗暗好笑起来——奇怪啊，她和我，到底有什么是一样的呢？我在大学的讲堂上教书，我出席国际学术会议，我驾着车在山径御风独行。在台湾，在香港，在北京，我经过海关关口，关员总会抬起头来说：“啊，你就是张晓风？”而她只是一个老妇人，坐在路边，卖她今晨刚摘下来的柑仔。她却说，她和我是一样的，她说得那样安详笃定，令我不得不相信。

转过一个峰口，我把车停下来，望着层层山峦，慢慢反刍她的话。那袋柑仔个个沉实柔腻，我取了一个掂了掂。柑仔这东西，连摸在手里都有极好的感觉，仿佛它是一枚小型的液态的太阳，可食、可触、可观、可嗅。

不，我想，那老妇人，她不是说我们一样，她是说，我很好，好到像她生命中最光华的那段时间一样。不管我们的社会地位有多大落差，在我们共同对这一堆金色柑仔的时候，她看出来了，她轻易地就看出来了，我们的生命基本上是相同的。我们是不同的歌手，却重复着生命本身相同的好旋律。

少年时的她是怎样的？想来也是个有着一身精力，上得山下得海的女子吧？她背后山坡上的那片柑仔园，是她一寸寸拓出来的吧？那些柑仔树，年年把柑仔像喷泉一样从地心挥洒出来，也是她当日一棵棵栽下去的吧？满屋子活蹦乱跳的小孩，无疑也是她一手乳养长大的吧？她想必有着满满实实的一生。而此刻，在冬日山径的阳光下，她望见盛年的我向她走来购买一袋柑仔，她却像卖给我她长长的一生，她和一整座山的龃龉和谅解，她的伤痕她的结痂。但她没有说，她只是温和地笑。她只是相信，山径上总有女子走过——跟她少年时一样好的女子，那女子也会走出沉沉实实的一生。

我把柑仔掰开，把金船似的小瓣食了下去。柑仔甜而饱汁，我仿佛把老妇的赞许一同咽下。我从山径的童话中走过，我从烟岚的奇遇中走过，我知道自己是个好女人——好到让一个老妇想起她的少年，好到让人想起汗水、想起困厄、想起歌、想起收获、想起喧闹而安静的一生。

我在

记得是小学三年级，偶然生病，不能去上学，于是抱膝坐在床上，望着窗外寂寂青山、迟迟春日，心里竟有一份巨大幽沉至今犹不能忘的凄凉。当时因为小，无法对自己说清楚那番因由，但那份痛，却是记得的。

为什么痛呢？现在才懂，只因你知道，你的好朋友都在那里，而你偏不在，于是你痴痴地想，他们此刻在操场上追追打打吗？他们在教室里挨骂吗？他们到底在干什么啊？不管是好是歹，我想跟他们在一起啊！一起挨骂挨打都是好的啊！

于是，开始喜欢点名，大清早，大家都坐得好好的，小脸还没有开始脏，小手还没有汗湿，老师说：

“×××”

“在！”

正经而清脆，仿佛不是回答老师，而是回答宇宙乾坤，告诉天地，告诉历史，说，有一个孩子“在”这里。

回答“在”字，对我而言总是一种饱满的幸福。

然后，长大了，不必被点名了，却迷上旅行。每到山水胜处，总想举起手来，像那个老是睁着好奇圆眼的孩子，回一声：

“我在。”

“我在”和“某某到此一游”不同，后者张狂跋扈，目无余子，而说“我在”的仍是个清晨去上学的孩子，高高兴兴地回答长者的问题。

其实人与人之间，或为亲情或为友情或为爱情，哪一种亲密的情谊不能基于我在这里，刚好，你也在这里的前提？一切的爱，不就是“同在”的缘分吗？就连神明，其所以神明，也无非由于“昔在、今在、恒在”，以及“无所不在”的特质。而身为一个人，我对自己“只能出现于这个时间和空间的局限”感到另一种可贵，仿佛我是拼图板上扭曲奇特的一块小形状，单独看，毫无意义，及至恰恰嵌在适当的时空，却也是不可少的一块。天神的存在是无始无终浩浩莽莽的无限，而我是此时际此山此水中的有情和有觉。

读书，也是一种“在”。

有一年，到图书馆去，翻一本《春在堂笔记》，那是俞樾先生的集子，红绸精装的封面，打开封底一看，竟然从来也没人借阅过，真是“古来圣贤皆寂寞”啊！心念一动，便把书借回家去。书在，春在，但也要读者在才行啊！我的读书生涯竟像某些人玩“碟仙”，仿佛面对作者的精魄。对我而言，李贺是随召而至的，悲哀悼亡的时刻，我会说："我在这里，来给我念那首《苦昼短》吧！念'吾不识青天高，黄地厚，唯见月寒日暖，来煎人寿'。"读那首韦应物的《调笑令》的时候，我会轻轻地念："胡马胡马，远放燕支山下。跑沙跑雪独嘶，东望西望路迷。迷路迷路，边草无穷日暮。"一面觉得自己就是那从唐朝一直狂驰至今不停的战马，不，也许不是马，只是一股激情，被美所迷，被莽莽黄沙和胭脂红的落日所震慑，因而心绪万千，不知所止的激情。

看书的时候，书上总有绰绰人影，其中有我，我总在那里。

《旧约·创世纪》里，堕落后的亚当在凉风乍至的伊甸园把自己藏匿起来。上帝说：

"亚当，你在哪里？"

他噤而不答。

如果是我，我会走出，说："上帝，我在，我在这里，请你看着我，我在这里。不比一个凡人好，也不比一个凡人坏，我有我的逊顺祥和，也有我的叛逆凶戾，我在我无限的求真求美的梦里，也在我脆弱不堪一击的人性里。上帝啊，俯察我，我在这里。"

"我在"，意思是说我出席了，在生命的大教室里。

几年前，我在山里说过的一句话容许我再说一遍，作为终响："树在。山在。大地在。岁月在。我在。你还要怎样更好的世界？"

林中杂想

我躺在树林子里看《水浒传》。

事情是这样开始的，暑假前，我答应学生“带队”，所谓带队，是指带“医疗服务队”到四湖乡去。起先倒还好，后来就渐渐不怎么好了。原来队上出了一位“学术气氛”极浓的副队长，他最先要我们读胡台丽的《媳妇入门》，这倒罢了，不料他接着又一口气指定我们读杨懋春的《乡村社会学》，吴湘相的《晏阳初传》，苏兆堂翻译的《小龙村》等等。这些书加起来怕不有一尺高，这家伙也太烦人了，这样下去，我们医学院的同学都有成为人类学家和社会学家的危险。

奇怪的是口里虽嘟嘟囔囔地抱怨，心里却也动心，甚至下决心要去看一本早就想看的萨孟武的《水浒传与中国社会》。问题是要看这本书就该把《水浒传》从头再看一遍。当时就把这本厚厚的章回塞进行囊，一路同去四湖。

而此时，我正躺在林子里看《水浒传》，林子是一片木麻黄，有几分像好汉出没的黑松林，这里没有好汉，奇怪的是倒有一批各自说着乡音的退伍军人（在这遍地说着海口腔的台西地带，哪来的老兵呢？），正横七竖八地躺在石凳上纳凉，我睡的则是一张舒服的折床，是刚才一个妇人让给我的，她说：

“喂，我要回家吃饭了，小姐，你帮我睡好这张床。”

咦，世间竟有如此好事，我当时把内含巨款的皮包拿来当枕头（所谓巨款，其实也只有五千元，我一向不爱多带钱，这一次例外，因为自觉是“领队老师”，说不定队上有“不时之需”），舒舒服服躺下，看我的《水浒传》，当时我也刚吃过午饭，太阳正当头，但经密密的木麻黄一过滤，整个林子阴阴凉凉的，像一碗柠檬果冻。

我正看到二十八回，武松被刺配两千里外的孟州，路上其实他尽有机会逃跑，他却宁可把松下的枷重新带上，把封皮贴上，一步步自投孟州而来。

一路看下去，不能不叫痛快，武松那人容易让人记得的是景阳冈打虎的那一段。现在自己人大了。回头看那一段，倒也不觉可贵，他当时打虎，其实也是非打不可，不打就被虎吃，所以就打了，此外看不出他有什么高贵动机，只能证明，他是天生的拳击好手罢了。倒是二十八回里做了囚徒的武松，处处透出洒脱的英雄骨气。

初到配军，照例须打一百杀威棒，武松既不去送人情，也不肯求饶，只大声大气说：

“都不要你众人闹动。要打便打！我若是躲闪一棒的，不是打虎好汉！从先打过的都不算，重新再打起！我若叫一声，便不是阳谷县为事的好男子！”——两边看的人都笑道：“这痴汉弄死！且看他如何熬——”

武松不肯折了好汉的名，仍然嚷道：

“要打便打毒些，不要人情棒儿，打我不快活！”

不想事情有了转机，管营想替他开脱，故意说：

“新到囚徒武松、你路上途中曾害甚病来？”

武松不领情，反而犟嘴：

“我于路不曾害病！酒也吃得，饭也吃得，肉也吃得，路也走得！”管营道：“这厮是途中得病到这里，我看他面皮才好，且寄下他这顿杀威棒。”两边行仗的军汉低低对武松道：“你快说病，这是相公将就你，你快只推曾害便了。”武松道：“不曾害！不曾害！打了倒干净！我不要留这一顿‘寄库棒’！寄下倒是钩肠债，几时得了！”两边看的人都笑。管营也笑道：“想你这汉子多管害热病了，不曾得汗，故出狂言，不要听他，且把去禁在单身房里。”

及至关进牢房，其他囚徒看他未吃杀威棒，反替他担忧起来，告诉他此事绝非好意，想必是使诈，想置他于死，还活龙活现地形容“塞七窍”的死法叫“盆吊”，用黄沙压则叫作“大布袋”。不料武松听了，最有兴趣的居然是想知道除了此两法以外，还有没有第三种，他说：

“还有什么法度害我？”

当下，管营送来美食。

武松寻思道："敢是把这些点心与我吃了却来对付我？……我且落得吃了，却再理会！"武松把那坛酒来一饮而尽，把肉和面都吃尽了。

武松那一饮一食真是潇洒！人到把富贵等闲看，生死不萦怀之际，并且由于自信，相信命运也站在自己这一边时，才能有这种不在乎的境界，才能要这种高级的天地也奈何他当得的无赖。吃完了，他冷笑一声：

"看他怎地来对付我！"

等正式晚饭送来，他虽怀疑是"最后的晚餐"，还是吃了。饭后又有人提热水来，他虽怀疑对方会趁他洗澡时下毒手，仍然不在乎，说：

"我也不怕他！且落得洗一洗。"

这几段，真的越看越喜，高兴起来，便翻身拿笔画上要点，加上眉批，恨不得拍掌大笑，觉得自己也是黑松林里的好汉一条，大可天不怕地不怕地过它一辈子。

回想起前天随队来四湖的季医生跟我说的一段话，她说：

"你看看，这些小朋友，他们问我，目前群体医疗的政策虽不错，但是将来卫生主管部门总要换人的呀，换了人，政策不同，怎么办？"

两人说着不禁摇头叹气，我们其实不怕卫生主管部门的政策不政策，我们怕的是这才二十岁左右的年轻人，为什么先自把初生之犊的锐气给弄得没有了？

是因为一直是好孩子吗？是因为觉得一切东西都应该准备好，布置好，而且，欢迎的音乐已奏响，你才顺利地踏在夹道花香中起步吗？唐三藏之取经，岂不是“向万里无雨草处行脚”，盘古开天辟地之际，混沌一片，哪里有天地？天是由他的头颅顶高的，地是由他踏脚处来踩实踩平的，为什么这一代的年轻人，特别是年轻人中最优秀的那一批，却偏偏希望像古代的新媳妇，一路由别人抬花轿，抬到婆家。在婆家，有一个姓氏在等她，有一个丈夫在等她，有一碗饭供她吃——其实，天晓得，这种日子会好过吗？

武松算不得英雄算不得豪杰，只不过一介草莽武夫，这一代的人却连这点草莽气象也没有了吗？什么时候我们才不会听到“饱学之士”的“无知之言”道：

“我没办法回去呀，我学的东西太尖端，台湾没有我吃饭的地方呀！”

孙中山革命的时候，是因为有个“中华民国筹备处”成立好了，并且聘他当主任委员，他才束装回国赴任的吗？曹雪芹是因为“国家文艺基金会”委托他着手撰写一部“当代最伟大的小说”，才动笔写下《红楼梦》第一回的吗？

能不能不害怕不担忧呢？甚至是过了许多年回头一望的时候，才猛然想起来大叫一声说：

“哎呀，老天，我当时怎么都不知道害怕呢？”

把孔子所不屑的“三思而行”的踌躇让给老年人吧！年轻不就是有莽撞往前去的勇气吗？年轻就是手里握着大把岁月的筹码，那么，在命运的赌局里作乾坤一掷的时候，虽不一定赢，气势上总该能壮阔吧？

前些日子，不知谁在服务队住宿营地的门口播放一首歌，那歌因为是早晨和中午的代用起床号，所以每天都要听上几遍，其实那首歌唱得极有味道，沙嘎中自有其抗颜欲辩的率真，只是走来走去刷牙洗澡都要听他再三重复那无奈的郁愤，心里的感觉有点奇怪：

告诉我，世界不会变得太快，

告诉我，明天不会变得更坏，

告诉我，人类还没有绝望。

告诉我，上帝也不会疯狂，

……

这未来的未来，我等待……

听久了，心里竟有些愀然，为什么只等待别人来“告诉我”呢？一颗恭谨聆受的心并没有“错”，但，那么年轻的嗓音，那强盛的肺活量，总可以做些什么可以比“等待别人告诉我”更多的事吧？少年振衣，岂不可作千里风幡看？少年瞬目，亦可壮作万古清流想。如此风华，如此岁月，为什么等在那里，为什么等人家来“告诉我”呢？

为什么不是我去“告诉人”呢？去啊！去昭告天下，悬崖上的红心杜鹃不会等人告诉它春天来了，才着手筹备开花，它自己开了花，并且用花的旗语告诉远山近岭，春天已经来了。明灿逼人的木星，何尝接受过谁的手谕才长倾其万斛光华？小小一只绿绣眼，也不用谁来告诉它清晨的美学，它把翠羽的身子浓缩为一撇“美的据点”。万物之中，无论尊卑，不都各有其美丽的讯息要告诉别人吗？

有一首英文的长歌，名字叫“To Tell the Untold”，那名字我一看就入迷，是啊，“去告诉那些不曾被告知的人”，真的，仲尼仆仆风尘，在陌生的渡口，向不友善的路人问津，为的是什么？为的岂不是去告诉那些不曾被告知的人吗？达摩一苇渡江，也无非圣人同样的一点初衷。而你我十几年乃至几十年孜孜于知识的殿堂，为的又是什么？难道不是要得到更真切的道和理，以便告诉后人吗？我们认真，其实也只为了让自己告诉别人的话更诚恳更扎实而足以掷地有声（无根的人即使在说真话的时候也类似谎言——因为单薄不实在）。

那唱歌的人“等待别人来告诉我”并不是错误，但能“去告诉别人”岂不更好？去告诉世人，我们的眼波未枯，我们的心仍在奔驰。去告诉世人，有我在，就不准尊严被抹杀，生命被冷落，告诉他们，这世界仍是一个允许梦想、允许希望的地方。告诉他们，这是一个可以栽下树苗也可以期待清荫的土地。

回家吃饭的妇人回来了，我把床还她，学生还在不远处的海清宫睡午觉，我站起身来去四面乱逛。想想这世界真好，海边苦热的地方居然有一片木麻黄，木麻黄林下刚好有一张床等我去躺，躺上去居然有千年前的施耐庵来为我讲故事，故事里的好汉又如此痛快可喜。想来一个人只要往前走，大概总会碰到一连串好事的，至于倒霉的事呢？那也总该碰上一些才公平吧？可是事是死的，人是活的，就算碰到倒霉事，总奈何我不得呀！

想想年轻是多么好，因为一切可以发生，也可以消弭，因为可以行可以止可以歌可以哭，那么还有什么可担心的呢？

真的，还有什么可担心的呢？

当下

“当下”这个词，不知可不可以被视为人间最美丽的字眼？

她年轻、美丽、被爱，然而，她死了。

她不甘心，这一点，天使也看得出来。于是，天使特别恩准她遁回人世，她并且可以在一生近万个日子里任挑一天，去回味一下。

她挑了十二岁生日的那一天。

十二岁，艰难的步履还没有开始，复杂的人生算式才初透玄机，应该是个值得重温的黄金时段。

然而，她失望了。十二岁生日的那天清晨，母亲仍然忙得像一只团团转的母鸡，没有人有闲暇可以多看她半眼，穿越时光回奔而来的女孩，惊愕万分地看着家人，不禁哀叹：

这些人活得如此匆忙，如此漫不经心，仿佛他们能活一百万年似的。他们糟蹋了每一个“当下”。

以上是美国剧作家怀尔德的作品《小镇》里的一段。

是啊，如果我们可以活一千年，我们大可以像一株山巅的红桧，扫云拭雾，卧月眠霜。

如果我们可以活一万年，那么我们亦得效悠悠磐石，冷眼看哈雷彗星以七十六年为一周期，旋生旋灭。并且翻览秦时明月、汉代边关，如翻阅手边的零散手札。

如果可以活十万年呢？那么就做冷冷的玄武岩岩岬吧，纵容潮汐的乍起乍落，浪花的忽开忽谢，岩岬只一径兀然枯立。

果真可以活一百万年，你尽管学大漠沙砾，任日升月沉，你只管寂然静阒。

然而，我们只拥有百年光阴。其短促倏忽——照《圣经》形容——只如一声喟然叹息。

即使百年，元代曲家也曾给它做过一番质量分析，那首曲子翻成白话便如下文：

号称人生百岁，其实能活到七十也就算古稀了，其余三十年是个虚数啦。

更何况这期间有十岁是童年，糊里糊涂，不能算数。

后十载呢？又不免老年痴呆，

严格来说，中间五十年才是真正的实数。

而这五十年，又被黑夜占掉了一半，

剩下的二十五年，有时刮风，有时下雨，种种不如意。

至于好时光，则飞逝如奔兔，如迅乌，转眼成空。

仔细想想，都不如抓住此刻，快快活活过日子划得来。

元曲的话说得真是白，真是直，真是痛快淋漓。

万古乾坤，百年身世。且不问美人如何一笑倾国，也不问将军如何引箭穿石。帝王将相虽然各自有他们精彩的脚步，犀利的台词，我们却只能站在此时此刻的舞台上，在灯光所打出的表演区内，移动我们自己的台步，演好我们的角色，扣紧剧情，一分不差。人生是现场演出的舞台剧，容不得NG再来一次，你必须演好当下。

生有时，死有时

栽种有时，拔毁有时

……

哭有时，笑有时

哀恸有时，欢跃有时

抛有时，聚有时

寻获有时，散落有时

得有时，舍有时

……

爱有时，恨有时

战有时，和有时

以上的诗，是号称智慧国王所罗门的歌。那歌的结论，其实也只是在说明，人在周围种种事件中行过，在每一记“当下”中完成其生平历练。

“当下”，应该有理由被视为人间最美丽的字眼吧？

偶成

海滩和狗

所有海滩以及画片上该有的，这里都有了：蓝天、白云、永不疲倦的浪、漂亮的穿着泳装的男女、遮阳伞、饮料、舒服的度假旅馆……

我坐在度假旅馆的半圆形阳台上（奇怪，此地的话叫露台，想想也对，大约白天承受阳光，夜晚承受露水），俯瞰海滩。楼很高，难免形成自己超然俯察的地位，这一天的我很快乐，但不是为超然，而是因为没有歉疚感。本来，到这种处处阳光处处山径的小岛上来度假，以我的个性来说，难免不安。但这一次，我们是义务替一个中文写作班讲一星期的课，在这英国人的殖民地上教华人中文，题目够正大了，工作也够辛苦了，受人招待住个度假旅馆，也是该的……

岛的名字叫长洲，距离香港有个把小时船程，有一种水天悠悠含融不尽的余致。

我该去料理一下讲义的，却整个下午愣愣地坐在露台上，看整条海滩。海滩由于坦呈过分，其实也没什么可以看的，我待在那里是由于两只一黑一花的狗……

狗的主人很壮硕，远远看去，他大约正在进行训练计划。教具是一只胶质拖鞋，他把拖鞋从脚上脱下来，往海里掷去，然后把两只在阳光下嬉戏的狗叫住，示意它们去把拖鞋捡回来。两只狗果然都停了游戏，拼命往水边跑去，及至跑到岸边，那只花的愣头愣脑地继续往前冲，从虽不险恶却也难缠的浪涛中游过去，把拖鞋衔了回来，放在主人脚前。

至于那只黑的，虽也急急忙忙跑到水边，却忽然趔趄不前，歪着头深思起来，隔着五百米，我恍惚能看到它庄严的表情。对花狗近乎莽撞的行为，它做出一副“我方尚在审慎观察中”的嘴脸，等花狗把拖鞋捡了回来，它也不置一词。两个家伙观念虽殊，倒不影响交情，当下又一起撒起欢来。

不到五秒钟，主人一声吆喝，拖鞋又在浪涛里浮沉了，两只狗又拼命冲到岸边，花的那只仍作“舍我其谁式”的冲刺，黑的这只仍像多虑的哈姆雷特王子，喃喃自问：“为之乎？抑不为之乎？”

这件事，因为做了一下午，我也就看了一下午，看到日影渐黯，我把同来演讲的慕蓉从梦中叫起，强迫她也一起看。“奇怪啊！你看那怪人，他一定要把狗教成会从海浪里捡回拖鞋有什么用呢？而那只花狗也傻，人家出了题目它就一定做，它怎么都不知道自己可以不做呢？那只黑狗才更奇怪——它每次一定跑，等跑到水边又立刻变成一副深思熟虑的样子……”

女友也看傻了。

“我懂了，”我忽然宣布这一下午的看狗心得，“那花狗是艺术家，不知死活的那一种，忽然发现造化少了一只鞋，就抵死要去把那缺憾补回来，一次一次把自己累得半死也不知停——黑狗却是哲学家，它在想，鞋子捡回来，又怎么样呢？又能怎么样呢？造化又不知安着什么心眼？拖鞋事件大约跟希腊神话里西西弗斯的那块石头，或中国神话里吴刚的那株桂树类同吧？这一场不知何时罢手的永恒重复，做了亦无所得，不做，亦无所失。每次它跑到岸边，脚趾触到温暖的海水，它就穷知究虑起来。它每想一次，疑团就更大，决定就更困难。看来生命是一场善意的圈套，在一带美丽的海滩上进行，你不知该怎么办。上当呢，是傻；不上当呢，是无趣。”

慕蓉笑了起来。

“我们都是那只累得半死的艺术家狗，是吗？”

天终于黑下来，海景自动消失，一切美丽恢复为混沌，一切荒谬亦然，我松了一口气——否则我倒真的不知如何从那一鞋二狗的永劫中抽身而出呢！

钉　痕

一开头，在俯身捡起钉子的刹那，我就已经知道自己错了。

那是一枚好钉，亮晶晶且铁铮铮，首尾约七厘米，阳光下崭新的，显然还没有用过，但不知为什么会被人遗失在路边。

这条路叫窝打老道，是九龙的一条大路，“窝打老”其实就是“滑铁卢”，英国人最引以为荣的地名，现在拿来按给这条路了。这么宽大这么伸长的一条路，这么人事匆忙、地价如金的一条路，怎么会好端端冒出一枚钉子来呢？

所谓悲剧，某些时候大约就是指不得其时、不得其地和不得其位吧？一枚雪亮的钉子，躺在路边——这件事本身既荒谬又凄伤，其境遇完全等于美人失宠或壮士失托。弄得不好，它会身不由己地去戳破轮胎，日复一日，我知道它终会骨销色败，变成纷纷锈屑。捡起它，是出于一时冲动，一份轻量级的侠情，觉得自己代为收拾的亦是某个生命的困顿灾厄。

回想起来，就在手指尚未触及钉尖之前，我不但明白自己又错了，而且连自己错在何处，也一并看清楚了。这半生拾拾捡捡的事太多，无非因为疼惜，但疼惜只是心念的一刹那剧动，事后又哪里真有力量能照顾到底？曾有好几年，每到六月，我都到校园的相思树干上去摘下蝉蜕，然后一只只积存着，那也是某种歌唱家的一生啊！到后来因为积存太多，想想，狠了心，一股脑儿拎去送给一位中医做药材了。此刻，我竟又多事来捡一枚钉，我要这枚钉干什么呢？我能放它在哪里呢？一枚钉子塞在我的手提袋里也并不见得比躺在马路边不荒谬啊！

然而，反省只是我不切实际的习惯，事实上“拾钉子”这件事情根本是我早已定案的决定——而决定，在我看到它的那一秒已经完成。

捡钉事件的整个过程，其实不过是一俯身间，不料思绪千回百转，我竟意外地检阅了这仓促的半生。我是一个“舍不得”的人，就连别人以为我在“用功”的那些事，也无非是一种舍不得的心情。舍不得前人的一代风华就此凋萎零落，才在故纸堆中一一掇拾流连。钉子终于放进我的皮包里，我给自己找了一个很好的理由，叫作“以志吾过”。每次开关皮包之际，我用这显得十分突兀的钉子提醒自己说：

“你看，对钉子你又能救拔它多少次呢？一枚钉子尚且如此，一个时代你又能扛几斤责任呢？你自己也无非是一枚小钉子罢了。”

后来，每次赴港经过窝打老道，我总会在捡拾钉子的老地方小立一下。想起当日艳阳下钉子耀眼的晶光，想起任性使气的自己，以及一切不得其时、不得其地、不得其位的众生，我的心恍如牢牢深深地楔入一枚钉子，因而变得凄紧。想来众生之中极美的基督之所以为基督，也无非是双掌心里各拥有一枚钉痕吧？而我，在捡拾一枚钉子的小小动作里，也因那爱怜的一握，而在掌心留下微痛的痕记。

瑕

付钱的时候，小贩又重复了一次："我卖你这玛瑙，再便宜不过了。"

我笑笑没说话，他以为我不信，又加上一句：

"真的——不过这么便宜也有个缘故，你猜为什么？"

"我知道，它有斑点。"本来不想说，被他一逼，只好说了，免得他一直啰唆。

"哎呀，原来你看出来了，玉石这东西有斑点就差了，这串项链如果没有瑕疵，哇，那个价钱就不得了啦！"

我取了项链，尽快走开。有些话，我只愿意在无人处说给自己听。对于这串有斑点的玛瑙，我怎么可能看不出来呢？它的斑痕如此清清楚楚。

然而凭什么要说有斑点的东西不好？水晶里不就是有一种叫"发晶"的种类吗？虎有纹，豹有斑，有谁嫌弃过它们的皮毛不够纯色。

就算退一步说，把这斑纹算瑕疵，世间能把瑕疵如此坦然相呈的也不多吧？凡是可以坦然相见的缺点就不算是缺点。纯全完美的东西是神器，可供膜拜。但站在一个女人的观点来看，男人和孩子之所以可爱，可能正是由于他们那些一清二楚的无所掩饰的小缺点吧？甚至一个人对自己本身的接纳和纵容，不也是看了自己的种种小毛病而一笑置之吗？

所有的无瑕是一样的——因为全是百分之百的纯洁透明，但瑕疵斑点却面目各自不同。有的斑痕像苔藓数点，有的是砂岸逶迤，有的是孤云独去，更有的是铁索横江，玩味起来，反而令人欣然心喜。想起平生好友，也是如此，如果不能知道一两件对方的糗事，不能有一两件可笑可嘲可詈可骂之事，彼此打趣，友谊恐怕也会变得空洞吧？

有时回味“瑕”字，也觉得意远。瑕字左边是玉旁，是先玉才有瑕啊！正如先有美人，而后才有“美人痣”；先有英雄，而后有悲剧英雄的缺憾性格。缺憾必须依附于完美，独存的缺憾岂有美丽可言。天残地缺，是因为天地都如此美好，才容得修地补天的改造的涂痕。一个“坏孩子”之所以可爱，不也是因为他在撒娇撒赖蛮不讲理之外，有属于一个孩童近乎神明的纯洁真诚吗？

瑕的右边是叚，叚大意是“玉小赤”。我也喜爱瑕字的读音，自有一种坦然的不遮不掩的亮烈。

完美是难以冀求的，那么在现实的人生里，请给我有瑕的真玉，而不是无瑕的假玉。

光阴的故事

一锅米饭，放到第二天，水汽就会干了一些。放到第三天，味道恐怕就有问题。第四天，我们几乎可以发现，它已经变坏了。再放下去，眼看就要发霉了。

是什么原因，使那锅米饭变馊变坏？是时间。

可是，在浙江绍兴，年轻的父母生下女儿，他们就在地窖里，埋下一坛坛米做的酒。十七八年以后，女儿长大了，这些酒就成为女儿婚礼上的佳酿。它有一个美丽而惹人遐思的名字，叫女儿红。

是什么使那些平凡的米，变成芬芳甘醇的酒？也是时间。

到底，时间是善良的，还是邪恶的魔术师呢？不是，时间只是一种简单的乘法，使原来的数值倍增而已。开始变坏的米饭，每一天都不断变得更腐臭。而开始变醇的美酒，每一分钟，都在继续增加它的芬芳。

在人世间，我们也曾看到过天真的少年一旦开始堕落，便不免愈陷愈深，终于变得满脸风尘，面目可憎。但是相反的，时间却把温和的笑痕、体谅的眼神、成熟的风采、智慧的神韵添加在那些追寻善良的人身上。

同样是煮熟的米，坏饭与美酒的差别在哪里呢？就在那一点点酒曲。

同样是父母所生的，谁堕落如禽兽，而谁又能提升成完美的人呢？是内心深处，紧紧环抱不放的，求真求善求美的渴望。

时间将怎样对待你我呢？这就要看我们自己是以什么态度来期许我们自己的。

敬畏生命

那是一个夏天的长得不能再长的下午，在印第安纳州的一个湖边。我起先是不经意地坐着看书，忽然发现湖边有几棵树正在飘散一些白色的纤维。大团大团的，像棉花似的，有些飘在草地上，有些飘入湖水里。我当时没有十分注意，只当是偶然风起所带来的。

可是，渐渐地，我发现情况简直令人吃惊。好几个小时过去了，那些树仍旧浑然不觉地在飘送那些小型的云朵，倒好像是一座无限的云库似的。整个下午，整个晚上，漫天都是那种东西。第二天的情形完全一样，我感到诧异和震撼。

其实小学的时候就知道有一类种子是靠风力吹动纤维播送的。但也只是知道一道测验题的答案而已。那几天真的看到了，满心所感到的是一种折服，一种无以名之的敬畏。我几乎是第一次遇见生命——虽然是植物的。

我感到那云状的种子在我心底强烈地碰撞上什么东西。我不能不被生命豪华的、奢侈的、不计成本的投资所感动。也许，在不分昼夜的飘散之余，只有一颗种子足以成荫，但造物主乐于做这样惊心动魄的壮举。

我至今仍然在沉思之际想起那一片柔媚的湖水，不知湖畔那群种子中有哪一颗成了小树。至少，我知道，有一颗已经成长。那颗种子曾遇见了一片土地，在一个过客的心之峡谷里蔚然成荫，教会她怎样敬畏生命。

月，阙也

“月，阙也。”那是一本两千年前的文学专著的解释。阙，就是“缺”的意思。

那解释使我着迷。

曾国藩把自己的住所题作“求阙斋”，求缺？为什么？为什么不求完美？

那斋名也使我着迷。

“阙”有什么好呢？“阙”简直有点像古中国性格中的一部分，我渐渐爱上了阙的境界。

我不再爱花好月圆了吗？不是的，我只是开始了解花开是一种偶然，但我同时学会了爱它们月不圆花不开的“常态”。

在中国的传统里，“天残地缺”或“天聋地哑”的说法几乎是毫无疑问地被一般人所接受。也许由于长期的患难困顿，中国神话中对天地的解释常是令人惊讶的。

在《淮南子》里，我们发现中国的天空和中国的大地都是曾经受伤的。女娲以其柔和的慈手补缀抚平了一切残破。当时，天穿了，女娲炼五色石补了天。地摇了，女娲折断了神鳖的脚爪垫稳了四极（多像老祖母叠起报纸垫桌子腿）。她又像一个能干的主妇，扫了一堆芦灰，止住了洪水。

中国人一直相信天地也有其残缺。

我非常喜欢中国西南部某些族的神话，他们说，天地是男神女神合造的。当时男神负责造天，女神负责造地。等他们各自分头完成了天地而打算合在一起的时候，可怕的事发生了：女神太勤快，她们把地造得太大，以至于跟天没办法合得起来了。但是，他们终于想到了一个好办法，他们把地折叠了起来，形成高山低谷，然后，天地才虚合起来了。

是不是西南的崇山峻岭给他们灵感，使他们想起在这则神话呢？

天地是有缺陷的，但缺陷造成了皱褶，皱褶造成了奇峰幽谷之美。月亮是不能常圆的，人生不如意事十常八九；当我们心平气和地承认这一切缺陷的时候，我们忽然发觉没有什么是不可以接受的。

在另一则汉民族的神话里，说到大地曾被共工氏撞不周山时撞歪了——从此“地陷东南”，长江黄河便一路浩浩渺渺地向东流去，流出几千里的惊心动魄的风景。而天空也在当时被一起撞歪了，不过歪的方向相反，是歪向西北，据说日月星辰因此哗啦一声大部分都倒到那个方向去了。如果某个夏夜我们抬头而看，忽然发现群星灼灼然的方向，就让我们相信，属于华夏的天空是“天倾西北”的吧！

五千年来，汉民族便在这歪倒倾斜的天地之间挺直脊骨生活下去，只因我们相信残缺不但是可以接受的，而且是美丽的。

而月亮，到底曾经真正圆过吗？人生世上其实也没有看过真正圆的东西。一张葱油饼不够圆，一块镍币也不够圆。即使是圆规画的圆，如果用高度显微镜来看也不可能圆得很完美。

真正的圆存在于理念之中，而在现实的世界里，我们只能做圆的“复制品”。就现实的操作而言，一截圆规上的铅笔芯在画圆的起点和终点时，已经粗细不一样了。

所有的天体远看都呈球形，但并不是绝对的圆，地球是约略近于椭圆形。

就算我们承认月亮约略的圆光也算圆，它也是“方其圆时，即其缺时”。有如十二点整的钟声，当你听到钟声时，已经不是十二点了。

此外，我们更可以换个角度看，我们说月圆月阙其实是受我们有限的视觉所欺骗。有盈虚变化的是月光，而不是月球本身。月何尝圆，又何尝缺，它只不过像地球一样不增不减地兀自圆着——以它那不十分圆的圆。

花朝月夕，固然是好的，只是真正的看花人哪一刻不能赏花？在初生的绿芽嫩嫩怯怯地探头出土时，花已暗藏在那里。当柔软的枝条试探地在大气中舒手舒脚时，花隐在那里。当蓓蕾悄然结胎时，花在那里。当花瓣怒张时，花在那里。当香销红黯委地成泥的时候，花仍在那里。当一场雨后只见满丛绿肥的时候，花还在那里。当果实成熟时，花恒在那里，甚至当果核深埋地下时，花依然在那里……

或见或不见，花总在那里。或盈或缺，月总在那里。不要做一朝的看花人吧！不要做一夕的赏月人吧！人生在世哪一刻不美好完满？哪一刹不该顶礼膜拜感激欢欣呢？

因为我们爱过圆月，让我们也爱缺月吧——它们原是同一个月亮啊！

生命，以什么单位计量

这是一家小店铺，前面做门市，后面住家。

星期天早晨，老板娘的儿子从后面冲出来，对我大叫一句：

“我告诉你，我的电动玩具比你多！”

我不知道他在跟谁说话，四面一看，店里只我一人，我才发现，这孩子在跟我作现代版的“石崇斗富”。

“你的电动玩具都是小的，我的，是大的！”小孩继续叫阵。

老天爷，这小孩大概太急于压垮人，于是饥不择食，居然来单挑我，要跟我比电动玩具的质跟量。我难道看起来会像一个玩电动玩具的小孩吗？我只得苦笑了。

他其实是蛮清秀的小孩，看起来也聪明机灵，但他为什么偏偏要找人比电动玩具呢？

“我告诉你，我根本没有电动玩具！”我弯腰跟那小孩说，“一个也没有，大的也没有，小的也没有——你不用跟我比，我根本就没有电动玩具，告诉你，我一点也不喜欢电动玩具。”

小孩目瞪口呆地望着我，正在这时候，小孩的爸爸在里面叫他：

“回来，不要烦客人。”

（奇怪的是他只关心有没有哪一宗生意被这小鬼吵掉了，他完全没想到说这种话的儿子已经很有毛病了。）

我不能忘记那小孩惊奇不解的眼神。大概，这正等于你驰马行过草原，有人拦路来问：

“远方的客人啊，请问你家有几千骆驼？几万牛羊？”

你说：

“一只也没有，我没有一只骆驼、一只牛、一只羊，我连一只羊蹄也没有！”

又如雅美人问你：“你近年有没有新船下水？下水礼中你有没有准备够多的芋头？”你却说：

“我没有船，我没有猪，我没有芋头！”

这是一个奇怪的世界。计财的方法或用骆驼，或用芋头，或用田地，或用妻妾，至于黄金、钻石、房屋、车子、古董，一一都是可以计算的单位。

这样看来，那孩子要求以电动玩具和我比画，大概也不算极荒谬吧！

可是，我是生命，我的存在既不是“架”“栋”“头”“辆”，也不是“亩”“艘”“匹”“克拉”等等单位所可以称量评估的啊！

我是我，不以公斤，不以公分，不以智商，不以学位，不以畅销的“册数”。我，不纳入计量单位。

人生的什么和什么

她的手轻轻搭在方向盘上，外面下着小雨。收音机正转到一个不知什么台的台上，溢漫出来的是安静讨好的古典小提琴。

前面是隧道，车流如水，汇集入洞。

“各位亲爱的听众，人生最重要的事其实只有两件，那就是……”

主持人的声音向例都是华丽明亮的多，何况她正在义无反顾地宣称这项真理。

她其实也愿意听听这项真理，可是，这里全是隧道，全长五百公尺，要四十秒钟才走得出来，隧道里面声音断了，收音机只会嗡嗡地响。她忽然烦起来，到底是哪两项呢？要猜，也真累人，是“物质与精神”吗？是“身与心”吗？是“爱情与面包”吗？是“生与死”吗？或“爱与被爱”？隧道不能倒车，否则她真想倒车出去听完那段话再进来。

隧道走完了，声音重新出现，是音乐，她早料到了四十秒太久，按一分钟两百字的广播速度来说，播音员已经说了一百五十个字了，一百五十字，什么人生道理不都给她说完了吗？

她努力去听音乐，心里想，也许刚才那段话是这段音乐的引言，如果知道这段音乐，说不定也可以又猜出前面那段话。

音乐居然是《彼得与狼》——这当然不会是答案。

依她的个性，她知道自己会怎么做，她会再听下去，一直听到主持人播报他们电台和节目的名字，然后，打电话去追问漏听的那一段来，主持人想必也很乐意回答。

可是，有必要吗？四十岁的人了，还要知道人生最重要的事是“什么和什么”吗？她伸手关上了收音机，雨大了，她按下雨刷。

口香糖、梨、便当

有人问我吃不吃口香糖?我回答说:

“不吃,那东西太像人生,我把它划为‘悲惨食物’。”

对方被我吓了一跳,不过小小一块糖,哪用得上那么沉重的形容词?但我是认真的,人人都有怪癖,不肯吃口香糖大概还不算严重的。我对口香糖的味道并没有意见,我甚至也可以容得下美国孩子边嚼口香糖边打棒球的吊儿郎当相。

我不能忍受的是:它始于清甜芳香,却竟而愈嚼愈像白蜡,终而必须吐之弃之,成为废物。

还有什么比嚼口香糖更像人生呢?

人的一生也是如此,一切最好的全在童年时期过完了,花瓣似的肌肤,星月般的眼眸,记忆力则如烙铁之印,清晰永志。至于一个小孩晨起推门跑出去的脚步声,是那么细碎轻扬,仿佛可以直奔月球然后折返回来。

然而当岁月走过,剩下的是菡萏香销之余的残梗,是玉柱倾圮之后的废墟。啊！鸡皮鹤发耳聋齿落之际，难道不像嚼余的糖胶吗？连成为垃圾都属于不受欢迎的垃圾。

口香糖是众糖之中最悲哀的糖。它的情节总是急转直下，陡降深渊。

水果中也有种水果特别引我伤感，那是梨。

梨如果削了皮，顺着吃水果的自然方式去吃，则第一口咬下去的外围的肉脆嫩沁甜，令人怡悦。只是越吃到靠中心的部分越酸涩粗糙，不堪入口。吃梨于我永远是一则难题，太早放弃，则浪费食物，对不起世上饥民。勉强下咽则对不起自己的味觉。

不过，还好，梨子是上帝造的，不像口香糖是美国人造的。梨子心再难吃也有个限度，不像口香糖残胶，咽下去是会出事的。

我终于想好了一种吃梨的好方法：我把梨皮削好，从外围转圈切下梨块，及至切下三分之二的梨肉，我便开始吃梨心，梨心吃完之后才回过头去吃梨子外围的肉。这种“倒吃”的方法其实也不奇特，民间本来就有“倒吃甘蔗”的谚语。我每次用此法吃梨都享受一番“渐入佳境”的喜悦。

想起当年小学和中学时代，同学之间无形中有一种“吃便当文化”，那时代物质供应不甚丰裕，便当里的菜也就很有限（而由于我和我的同学全是女孩子，女孩子在某些家庭中，其便当内容又比男孩为差），但怎么吃这种便当？说来也有一些大家不约而同的守则：那便是先努力吃白饭，把便当中的精华（例如说，半粒卤蛋，或一块油豆腐）留待最后，每当大家功德圆满，吃完了米饭，要享受那丰富的“味觉巅峰”，心里是多么快乐呀！那“最后美味”的一小口，是整个午餐时间的大高潮。

尽管只是一个填饱的便当，尽管菜式不丰美不精致，那最后一口的情节安排竟然很像中国古典戏剧“苦尽甘来”的结局。我们吃那一口的时候多半带着欢呼胜利的心情，那是整个上半天最快乐的一霎。

人生能否避免“口香糖模式”“梨子模式”，而成为我小时候的那种渐入佳境的“便当模式”？我深感困惑。

行道树

西谚说，

把幸运的人丢到河里，他都能口衔宝物而归。

我大概也是幸运的人，生活在这座城里，

虽也有种种倒霉事，

但奇怪的是，

我记得住的而且在心中把玩不已的全是这些可爱的片断！

这些从生活的渊泽里捞起来的种种不尽的可爱。

行道树

每天，每天，我都看见它们，它们是已经生了根的——在一片不适于生根的土地上。

有一天，一个炎热而忧郁的下午，我沿着人行道走着，在穿梭的人群中，听自己寂寞的足音，我又看到它们，忽然，我发现，在树的世界里，也有那样完整的语言。

我安静地站住，试着去理解它们所说的一则故事：

我们是一列树，立在城市的飞尘里。

许多朋友都说我们是不该站在这里的，其实这一点，我们知道得比谁都清楚。我们的家在山上，在不见天日的原始森林里。而我们居然站在这儿，站在这双线道的马路边，这无疑是一种堕落。我们的同伴都在吸露，都在玩凉凉的云。而我们呢？我们唯一的装饰，正如你所见的，是一身抖不落的煤烟。

是的，我们的命运被安排定了，在这个充满车辆与烟囱的工业城里，我们的存在只是一种悲凉的点缀。但你们尽可以节省下你们的同情心，因为，这种命运事实上也是我们自己选择的——否则我们不会在春天勤生绿叶，不必在夏日献出浓荫。神圣的事业总是痛苦的，但是，也唯有这种痛苦能把深度给予我们。

当夜来的时候，整个城市都是繁弦急管，都是红灯绿酒。而我们在寂静里，在黑暗里，我们在不被了解的孤独里。但我们苦熬着把牙龈咬得酸疼，直等到朝霞的旗冉冉升起，我们就站成一列致敬——无论如何，我们这城市总得有一些人迎接太阳！如果别人都不迎接，我们就负责把光明迎来。

这时，或许有一个早起的孩子走了过来，贪婪地呼吸着鲜洁的空气，这就是我们最自豪的时刻了。是的，或许所有的人都早已习惯于污浊了，但我们仍然固执地制造着不被珍视的清新。

落雨的时分也许是我们最快乐的，雨水为我们带来故人的消息，在想象中又将我们带回那无忧的故林。我们就在雨里哭泣着，我们一直深爱着那里的生活——虽然我们放弃了它。

立在城市的飞尘里，我们是一列忧愁而又快乐的树。

故事说完了，四下寂然，一则既没有情节也没有穿插的故事，可是，我听到了它们深深的叹息。我知道，那故事至少感动了它们自己。然后，我又听到另一声更深的叹息——我知道，那是我自己的。

种种可爱

作为一个小市民有种种令人生气的事——但幸亏还有种种可爱，让人忍不住的高兴。

中华路有一家卖蜜豆冰的——蜜豆冰原来是属于台中的东西（木瓜牛奶也是），但不知什么时候台北也都有了——门前有一副对联，对联的字写得普普通通，内容更谈不上工整，却是情婉意贴，令人动容。

上句是：我们是来自纯朴的小乡村。

下句是：要做大台北无名的耕耘者。

店名就叫“无名蜜豆冰”。

台北的可爱就在各行各业间平起平坐的大气象。

永康街有一家卖面的，门面比摊子大，比店小，常在门口换广告词，冬天是“100℃的牛肉面”。

春天换上“每天一碗牛肉面，力拔山河气盖世”。

这比“日进斗金”好多了，我每看一次简直就对白话文学多生出一份信心。

有一天在剧场里遇见孟瑶，请她去喝豆浆，同车去的还有俞大纲老师和陈之藩夫人，他们都是戏剧家，很高兴地纵论地方剧，忽然，那驾驶员说：

“川剧和湖北戏也都是有帮腔的呀！”

我肃然起敬，不是为他所讲的话，而是为他说话的架势，那种与一代学者比肩谈话也不失其自信的本色。

台北的人都知道自己有讲话的份，插嘴的份。

好几年前，我想找一个洗衣兼打扫的半工，介绍人找了一位洗衣妇来。

“反正你洗完了我家也是去洗别人家的，何不洗完了就替我打扫一下，我会多算钱的。”

她小声地咕哝了一阵，介绍人郑重宣布：

“她说她不扫地——因为她的兴趣只在洗衣服。”

我起先几乎大笑，但接着不由一凛，原来洗衣服也可以是一个人认真的“兴趣”。

原来即使是在“洗衣”和“扫地”之间，人也要有其一本正经的抉择——有抉择才有自主的尊严。

带一位香港的朋友坐出租车去找一个地方，那条路特别不好找，出租车驾驶找过了头，然后又折回来。

下车的时候，他坚持要扣下多绕了冤枉路的钱。

“是我看错才走错的，怎么能收你们的钱？”

后来死推活拉，总算用折中的办法，把争执的差额付了。香港的朋友简直看得愣住了，我觉得大有面子。

祝福那位驾驶。

我家附近有一个卖水果的，本来卖许多种水果，后来改了，只卖木瓜，见我走过，总要说一句：

“老师，我现在卖木瓜了——木瓜专科。”

又过了一阵，他改口说：

“老师，现在更进步了，是木瓜大学了。”

我喜欢他那骄矜自喜的神色，喜欢他四个肤色润泽的活蹦乱跳的孩子——大概都是木瓜大学作育有功吧？

隔巷有位老太太，祭祀很诚，逢年过节总要上供，有一天，我经过她设在门口的供桌，大吃一惊，原来她上供的主菜竟是洋芋沙拉，另外居然还有罐头。

后来想，倒也发觉她的可爱，活人既然可以吃沙拉和罐头，让祖宗或神仙换换口味有何不可？

她的没有章法的供菜倒是有其文化交流的意义了。

从前，在中华路平交道口，总是有个北方人在那里卖大饼，我从来没有见过那种大饼整个一块到底有多大，但从边缘的弧度看来直径总超过二尺。

我并不太买那种饼，但每过几个月我总不放心地要去看一眼，我怕吃那种饼的人愈来愈少，卖饼的人会改行，我这人就是“不放心”。（和平东路拓宽时，我很着急，生怕师大当局一时兴起，把门口那开满串串黄花的铁刀木砍掉，后来一探还在，高兴得要命。）

那种厚厚硬硬的大饼对我而言差不多是有生命的，北方黄土高原上的生命，我不忍看它在中华路上慢慢绝种。

后来不知怎么搞的，忽然满街都在卖那种大饼，我安心了，真可爱，真好，有一种东西暂时不会绝种了！

华西街是一条好玩的街，儿子对毒蛇发生强烈兴趣的那一阵子我们常去。我们站在毒蛇店门口，一家一家地去看那些百步蛇、眼镜蛇、雨伞蛇……

“那条蛇毒不毒？”我指着一条又粗又大的问店员。

“不被咬到就不毒！”

没料到是这样一句回话，我为之暗自惊叹不已。其实，世事皆可作如是观，有浪，但船没沉何妨视作无浪；有陷阱，但人未失足，何妨视作坦途。

我常常想起那家蛇店。

有一天在一家公司的墙上看到这样一张小纸条：

“请随手关灯，节约能源，支援十大建设。”

看了以后，一下子觉得十大建设好近好近，好像就是家里的事，让人觉得就像自家厨房里要添抽风机或浴室里要添热水炉，或饭厅里要添冰箱的那份热闹亲切的喜气——有喜气就可以省着过日子，省得扎实有希望。

为了整修“我们咖啡屋”，我到八斗子渔港去买渔网，渔网是棉纱的，用山上采来的一种植物染成赭红色，现在一般都用尼龙的了，那种我想要的老式的棉纱渔网已成古董。

终于找到一家有老渔网的，他们也是因为舍不得，所以许多年来一直没丢，谈了半天，他们决定了价钱：

“二角三！”

二角三就是两千三百的意思，我只听见城里市面上的生意人把一万说成一块，没想到在偏僻的八斗子也是这样说的，大家说到钱的时候，全都不当回事，总之是大家都有钱了，把一万元说成一块钱的时候，颇有那种偷偷地志得意满而又谦逊不露的劲头。

有一阵子，我的公交月票掉了，还没补办好再买的手续以前，我只好每次买票——但是因为平时没养成那份习惯，每看见车来，很自然地跳上去了，等发现自己没有月票，已经人在车上了。

这种时候，车掌多半要我就便在车上跟其他乘客买票——我买了，但等我付钱时那些买主竟然都说：“算了，不要钱了。”一次犹可，连着几次都是这样，使我着急起来，那么多好人，令人“无所逃于天地之间”，长此以往，我岂不成了“免费乘车良策”的发明人了，老是遇见好人也真是让人非常吃不消的事。

我的月票始终没去补办，不过却幸运地被捡到的人辗转寄回来了，我可以高高兴兴地不再受惠于人了——不过偶然想起随便在车上都能遇见那么多肯“施惠于人”的好人，可见好人倒也不少，台北究竟还是个适合人住的地方。

在一家最大规模的公立医院里，看到一个牌子，忍不住笑了起来，那牌子上这样写着：

“禁止停车，违者放气。”

我说不出的喜欢它！

老派的公家机关，总不免摆一下衙门脸，尽量在口气上过官瘾，碰到这种情形，不免要说：

“违者送警”或“违者法办”。

美国人比较干脆，只简简单单地两个大字“N0 Parking”——“勿停”。

但口气一简单就不免显得太硬。

还是“违者放气”好，不凶霸不懦弱，一点不涉于官方口吻，而且憨直可爱，简直有点孩子气的作风——而且想来这办法绝对有效。

有个朋友姓李，不晓得走路的习惯是偏于内八字或外八字——总之，他的鞋跟老是磨得内外侧不一样厚。

他偶然找到一个鞋匠，请他换鞋跟，很奇怪的，那鞋匠注视了一下，居然说：“不用换了，只要把左右互调一下就是了，反正你的两块鞋跟都还有一半是好用的！”

朋友大吃一惊，好心劝告他这样处处替顾客打算，哪里有钱赚，他却也理直气壮：

“该赚的才赚，不该赚的就不赚——这块鞋底明明还能用。”

朋友刮目相看，然后试探性地问他：

“做了一辈子事，退了役还得补鞋，政府真对不起你。”

“什么？人人要这样一想还得了，其实只有我们对不起政府，政府哪有什么对不起我们的。”

朋友感动不已，嗫嗫嚅嚅地表示要送他一套旧西装（他真的怕会侮辱他），他倒也坦然接受了。

不知为什么，朋友说这故事给我听的时候，我也不觉陌生，而且真切得有如今天早晨我才看过那老鞋匠似的。

有一次在急诊室看医生救病人，病人已经昏迷了，氧气罩也没用了。医生狠劲地用一个类似皮球的东西往里面压缩氧气。

至少是呼吸系统有毛病。

两个医生轮流压，像打仗似的。

渐渐地，他清醒了，但仍说不出话来，医生只好不断发问来让他点头摇头，大概问十几个问题才碰得上一个点头的答案。

他是在路上发病的，一个亲人也没有，送他来的是一个不相干的人。

后来发现他可以写字——虽然他眼睛一直是闭着的。

医生问他的病历，问他是不是服过某些成药，问他现在的感觉，忽然，那医生惊喜地叫了一声：

“写下去，写下去，再写！你写得真好——哎，你的字好漂亮呀！”

整个急救的过程，我都一面看一面佩服，但是当他用欢呼的声音去赞美那病人不成笔画的字的时候，我却为之感动得哽咽起来。

病人果真一路写下去。

也许那病人想起了什么，虽然闭着眼睛，躺在床上仰面而写，手是从生死边缘被救回来的颤抖不已的手——但还有人在赞美他的字！也许是颜体的，也许是柳体，也许什么都不是，只是一个活着的人写的字，可贵的是此刻他的字是“被赞美的字”。

那医生救人的技能来自课本，但他赞美病人的字迹却来自智慧和爱心，后者更足以使整个急救室像殿堂一样地神圣肃穆起来。

在澄清湖的小山上爬着，爬到顶，有点疑惑不知该走哪一条路回去，问道路旁的一个老兵。

那人简直不会说话得出奇，他说：

“看到路——就走，看到路——就走，再看到路——再走，就到了。”

我心里摇头不已，怎么碰到这么呆的指路人！

赌气回头自己走，倒发现那人说得也没错，的确是“看到路——就走”，渐渐地，也能咀嚼出一点那人言语中的诗意来。天下事无非如此，“看到路——就走”，哪有什么一定的金科玉律，一部二十五史岂不是有路就走——没有路就开路，原来万物的事理是可以如此简单明了——简单明了得有如呆人的一句呆话。

西谚说，把幸运的人丢到河里，他都能口衔宝物而归。我大概也是幸运的人，生活在这座城里，虽也有种种倒霉事，但奇怪的是，我记得住的而且在心中把玩不已的全是这些可爱的片断！这些从生活的渊泽里捞起来的种种不尽的可爱。

巷子里的老妈妈

巷子里有个妇人，一手推着一篮菜，一手提着个大袋子，正在东张西望。看到我，她讷讷地开了口：

“请问，你，是住在这条巷子里的人吗？”

“是的。”

“我是刚搬来的，我听人说这巷子里有个箱子可以丢旧衣服，你知道在哪里吗？”

“哦，本来是有一个，但最近不知什么时候给拆走了，听说是违章……”

“哎呀，”她叹了口长气，“真是糟糕，我的小孙子长得快，这一大包都是他们穿不下的衣服，可是叫我当垃圾丢，我是丢不下手的呀！我们这种年纪的人是丢不来衣服的，都还是新新的嘛！可是要搬回去，我家又住四楼，我又买了一篮子菜……”

“这样吧，你把衣服放在我车上，我这两天要去内湖，内湖有个收衣站。我来替你丢。”

“啊！这就好了，”她的表情如获大赦，“太好了，没想到遇见贵人了。我的问题可以解决了。”

在她口中我变成了“贵人”，不过顺便帮她丢丢旧衣服，居然也可以做人家的“贵人”。但是转而一想，她说的也许很对，世上高官厚禄的贵显之人虽然很多，但刚好肯替她去丢衣服的人也许真的只有我一个。

那妇人大约是六十出头的年纪，穿件朴素的灰色衣裳。面容白皙洁净，语音柔和迟缓。看得出来家道不错，平生也不像吃过大苦，但她却显然属于深懂“惜物”之情的一代。

我想起我家的情况来了：

女儿每次和同学郊游回来，总带着烤肉用剩的酱油、沙拉油、面包……啰啰唆唆一大堆。我问她为什么要拿这些东西，她嗔道：

“都是你害的啦！从小叫我们不要丢东西，而我们同学都说丢掉丢掉。我如果不拿，他们就真的去丢掉。我不得已，只好拿回来，不然，难道眼睁睁看他们丢？——”

我想，我实在是害她活得比别人辛苦些，但我们反正已属于“不丢族”，就认命吧！偶然碰到其他的“不丢族”，我总尽力表达敬意。

像今天能碰到这位老妇人，或者说今天能被这老妇人碰到，真是很幸运的事，值得好好为她提供额外服务。

我甚至想，台湾之所以还没有坏到极致，全是像老妇人这种人物在撑着，她们不开车，不喝可乐或铝箔包装的果汁，她们绝不会把衣服只穿一季就丢掉，搞不好她们身上的那一件已经穿了十年，而她却从来不觉得有汰旧的必要。

是她，坚持不倒剩菜。是她，把旧汗衫改成抹布。是她，把茶叶渣变成肥料。是她，把长孙的衣服改一改又给了次孙。

这些老妈妈真的是社会之宝，虽然从来没有人给她们颁过一个奖。但我们真的不能少掉她们，她们是我们福泽的种子。

我们大部分的官员如果撤换也不算什么，但这批老妈妈是不能撤换的，她们是乱象中的安定，是浮华中的朴实，是飞驰中的回顾，是夸饰中的真诚，我向老妈致敬。

老师，这样，可以吗？

醒过来的时候只见月色正不可思议地亮着。

这是中爪哇的一个古城，名叫日惹，四境多是蠢蠢欲爆的火山，那一天，因为是月圆，所以城郊有一场舞剧表演，远远近近用黑色火成岩垒成的古神殿都在月下成了舞台布景，舞姿在天矫游走之际，别有一种刚猛和深情。歌声则曼永而凄婉欲绝（不知和那不安的时时欲爆的山石，以及不安的刻刻欲震的大地是否有关）。看完表演回旅舍，疲累之余，倒在床上便睡着了。

梦里，我遇见李老师。

她还是十年前的老样子，奇怪的是，我在梦中立刻想她已谢世多年。当时，便在心中暗笑起来："老师啊，你真是老顽皮一个哩！人都明明死了，却偷偷溜回来人世玩。好吧，我且不说破你，你好好玩玩吧！"

梦中的老师依然是七十岁，依然兴致冲冲，依然有女子的柔和与男子的刚烈炽旺，也依然是台山人那份一往不知回顾的执拗。

我在梦中望着她，既没有乍逢亲故的悲恸，也没有梦见死者的惧怖，只以近乎宠爱的心情看着她。觉得她像一个小女孩，因为眷恋人世，便一径跑了回来，生死之间，她竟能因爱而持有度牒。

然后，老师消失了，我要异乡泪枕上醒来，搬了张椅子，独坐在院子里，流量惊人的月光令人在沉浮之际不知如何自持。我怔怔然坐着，心中千丝万绪轻轻互牵，不是痛，只是怅惘，只觉温温的泪与冷冷的月有意无意地互映。

是因为方才月下那场舞剧吗？是那上百的人在舞台上串演其悲欢离合而引起的悸动吗？是因为“拉玛耶那”戏中原始神话的惊怖悲怆吗？为什么今夜我梦见她呢？

想起初识李老师时，她极为鼓励我写出戏。记得多次在冬天的夜晚，我到她办公的小楼上把我最初的构想告诉她，而她又如何为我一一解惑。

而今晚她来，是要和我说什么呢？是兴奋的要与我讨论来自古印度的拉玛耶那舞剧呢？还是要责问我十年来有何可以呈之于人的成就呢？赤道地带的月色不意如此清清如水，我有一点点悲伤了，不是为老师，而是为自己。所谓一生是多么长而又多么短啊，所谓人世，可做的是如许之多而又如许之少啊！而我，这个被爱过，被期待过，被呵宠过，且被诋毁的我，如今魂梦中能否无愧于一个我曾称她为老师的人？

月在天，风在树，山在远方沸腾其溶浆，老师的音容犹在梦沿凄趄。此际但觉悲喜横胸，生死无隔。我能说的只是，老师啊，我仍在活着、走着、看着、想着、惑着、求着、爱着以及给着——老师啊！这样，可以吗？

后记：《画》是我的第一个剧本，因为觉得练习成分太多，便没有正式收入剧集里，近日蒙友人江伟必写粤语演出，特记此梦付之。李曼瑰老师是当年鼓励——说确实一点是“勉强”——我写剧的人，今已作古十年，此文怀师之余，兼以自勉，希望自己是个“有以与人”的人。

等你四十五分钟

有位朋友，香港人，为人明快，写文章做学问也都斩截利落，令人羡慕。

有一次，我经过香港，他请我吃饭，电话里他形容出地铁后的相见地点，讲得清楚明白，有如军事地图：

“只约在地下铁是不行的，还得要说明出口。不然地下铁那么大的范围，一定跑错，说明出口还不够，每个大出口还又分几个小出口。”

我听他条述缕陈，对自己平日的粗心大意觉得不胜惭愧。

他不单把空间形容得一清二楚，接着他又开始讲时间：

“我们约六点半见面，但世界上的事很难讲，有时地下铁停电的事也不是不会发生。总之，你先到你等一下。我先到，我等一下。但如果等了四十五分钟还没有出现，那就是发生不可抗拒的事情了。那时候，我们就各自想办法自己去吃晚饭，谁也别等谁了。总之，在这个世界上无论为了什么理由，都不能等人等到超出四十五分钟以上。”

那天，我们由于他清楚的叙述，所以在指定的时空见了面吃了饭。但我事后回味不已的，仍是他那番“约会学”。

想起有位朋友和我讲了个故事，也不知是不是她自己的。一对年轻的男孩和女孩，相约在图书馆见面，不料到时候空等了许久，彼此竟没见到。年轻气盛，两人也没解释什么便轻易分手了。二十年后偶遇，早已是男婚女嫁。越于好奇，他们质问对方当年为何不赴约？答案很悲伤，原来他们一个人在图书馆里面等，一个人在图书馆外面等。

另外一个约会失误的故事也相仿佛，按照美国人的习惯，如果写11/12，就是指11月12日，而在英国系统的解读法里，这个指的是12月11日，一对异国恋人便因此而相失相误了。

这种故事，碰到我这位精确而深谙约会法则的香港朋友就可以避免发生。

另外，《庄子》书中有位尾生，尾生与女子相约于桥下。女子不来，尾生大概是遵循那种“不见不散”原则的人，便继续等下去。不幸当日溪水暴涨，尾生抱着桥柱，活活淹死了。

这种事，碰到我那位香港朋友，也可以逃过一劫。管你是皇天老子，四十五分钟一过，他绝对走开，去找食物喂饱自己。这也好，减轻我不少心理负担，万一我因事不能到（例如临时昏倒住院），对方却没日没夜一直苦等下去，那真是可怕的梦魇。

不知道香港人中像我那位朋友那么精确的人多不多。我自己的观察是港人比较具有“忧患意识”，懂得保护自己少吃亏。港人很早就进入商业社会，办起事来历历分明。而且，似乎从英国人那里学会了管理观念，所以凡事井井有条。

世上的人，似乎无论是谁，都不必在约会中等他等到四十五分钟以上。就算是情人，如无特殊理由也可以就此休矣。这位朋友用这么简单的数字就把一件麻烦的事了断得如此清明，我不胜佩服。

当然，佩服之余，也有点惘惘然说不清的怅惜之情。大概我一方面也仍然留恋故事中那女主角几十年如一日，每日仍在火车站等着，等着那当年和她相约一起坐火车私奔他乡却爽约了的男子……

一只公鸡和一张席子

先说一个故事，发生在希腊的：

哲人苏格拉底，在诲人不倦之余，被一场奇怪的官司缠上身，翻来覆去，居然硬是辩解不明。唉！一个终生靠口才吃饭的教师居然不能使人明白他简单的意念，众人既打定主意断定他是个妖言惑众的异议分子，便轻率地判他个死刑，要他饮毒而亡。

这判决虽荒谬，但程序一切合法，苏格拉底也就不抵抗，准备就义。

有人来请示他有何遗言要交代，他说：

“我欠耶斯科利皮亚斯一只公鸡，记得替我还这笔债。”

中国也有一位圣人，叫曾子，他倒是寿终正寝的。他临终的时候无独有偶的，也因为一个小童的提醒而想起一粧事来，于是十万火急地叫来家人，说：

“快，帮我把我睡的这张箦席换一换。”

他病体支离，还坚持要换席子，不免弄得自己十分辛苦，席子一换好，他便立刻断气了。

这两位东西圣哲之死说来都有常人不及之处。

苏格拉底坚持“欠鸡还鸡”，是因为不肯把自己身后弄成“欠债人”。人生一世，“说”了些什么其实并不十分重要，此身“是”什么才比较重要。欠人一鸡，如果至死未还，那就永世永劫注定“是”个“欠人一鸡之人”，身为苏格拉底岂可如此？圣贤立身，务期历历分明，能做到一鸡不欠，才是清洁，才是彻底。而曾子呢？他也一样，当时他睡的席子是季孙送的，那席子华美明艳，本来适合官拜“大夫”的人来用，曾子不具备这身份，严格地说，是不该躺的，平时躺躺倒也罢了，如果死在这张席子上就太不合礼仪了。

曾子临终前急着把这件事做个是非了断，不该躺的席子，就该离开，一秒钟也不能耽搁，他完成了生平最后一件该做的事。

这两位时代差不多的东西双圣立身务期清高，绝不给自己的为人留下可议之处。他们竭力不欠人或欠神一分，不僭越一分，他们的生命里没有遮光的黑子，他们的人格光华通透。

写故事的人都知道，最后一段极为重要，人生最后一段该想些什么，说些什么，做些什么，应该值得我们及早静下心来深思一番吧！

“你为什么拿这一颗？”

回家之前，我去买了一些水果。

我买了一根香蕉，两个橘子和一个泰国椰子。中秋节刚过，家里水果没吃完的还很多，随便买一点即可。今天选的三样各有理由，香蕉是因为今年盛产，大家帮忙吃一点比较好，所以买它几乎是出于道德的因素。至于橘子是因为它初上市，皮还青青的，闻起来香味却极辛烈，令人想起千年前的老苏写给朋友的诗：

一年好景君须记，

最是橙黄橘绿时。

只需花少许钱，就能买到季节的容颜和气味，以及秋来的诗兴，何乐不为——所以，买橘子，是基于美学理由。

而买椰子却有个非常简单明了的诉求，我口渴了，此刻已是晚上十点半，我在外工作了一整天，非常辛苦，自己带的水也喝完了，买可乐或矿泉水会留一个塑料瓶来伤害大地，不如买椰子，椰汁甘美近酒，而且椰子壳对大地是无害的。

但我在排队付钱的时候，收账的老板娘却用非常奇怪的眼神望了我一眼，说：

“喂，阿姨，你为什么要拿这一粒？”

她指的是那颗椰子。

咦？这一颗不能拿吗？难道顾客有义务告诉店家自己为什么要选某一颗水果吗？这年头连父母都不见得敢问子女为什么要选某人为配偶了，我却竟要回答这么一个奇怪的问题。

“没什么，我随便拿的。”

付完钱，我请她帮我在椰子上凿一个洞。她凿好，替我插上吸管，然后，她转过身来，又追问了一句：

“那么多粒椰子，你为什么偏偏拿这一粒？”

奇怪，原来她还没有放弃要问我真相，这一次，轮到我好奇了：“这一粒，有什么不该拿吗？”我问。

“平平都是三十元一粒，这一粒，特别小呀！”她叹气，仿佛我是白痴，“所以，刚才那根香蕉我没跟你拿钱……但是，怪呀，你为什么要选这一粒呢？”

她的年纪看起来不算小，从事这一行想必也有些岁月了，阅人大概也不在少数，看到我这种顾客不选大反选小，简直颠覆了她专业知识归纳出来的金科玉律，所以想穷追猛打问个明白。

但我并不想挑个大大的椰子，我此刻并没有太渴，就算渴，我也快到家了，我只想有点什么润润喉而已，有什么必要花时间去精挑细选找粒椰汁饱足的大椰子呢？这跟道德的修养不太有关系，我只觉这样做比较合理而已。如果我此刻行过沙漠正午，喉干舌燥之际看见椰子摊上有大小不一而价钱一样的椰子，我大概也会拣个大的拿吧？可是回顾前尘，我的大半辈子好像都没碰上什么非争不可或非挑不可的事，我习惯不争，可也没吃过什么大亏。像此刻，老板娘不就免了我的香蕉钱吗？也许她可怜我的弱智吧！其实她没算我香蕉钱我也是经她说明才知道的。我习惯不看秤，不复核，店家说多少我就给多少。我不是个全然不计较的人，但生命、义理、文章都够复杂了，实在顾不上水果的价钱啊！

我当场把椰汁喝完了，那份量不多不少，刚刚够润我当下的枯喉。

初雪

诗诗，我的孩子：

如果五月的花香有其源自，如果十二月的星光有其出发的处所，我知道，你便是从那里来的。

这些日子以来，痛苦和欢欣都如此尖锐，我惊奇在它们之间区别竟是这样的少。每当我为你受苦的时候，总觉得那十字架是那样轻省，于是我忽然了解了我对你的爱情，你是早春，把芬芳秘密地带给了园。

在全人类里，我有权利成为第一个爱你的人。他们必须看见你，了解你，认识你而后决定爱你，但我不需要。你的笑貌在我的梦里翱翔，具体而又真实。我爱你没有什么可夸耀的，事实上没有人能忍得住对孩子的爱情。

你来的时候，我开始成为一个爱思想的人，我从来没有这样深思过生命的意义，这样敬重过生命的价值，我第一次被生命的神圣和庄严感动了。

因着你，我爱了全人类，甚至那些金黄色的雏鸡，甚至那些走起路来摇摆不定的小树，它们全都让我爱得心疼。

我无可避免地想到战争，想到人类最不可抵御的一种悲剧。我们这一代人像菌类植物一般，生活在战争的阴影里，我们的童年便在拥塞的火车上和颠簸的海船里度过。而你，我能给你怎样的一个时代？我们既不能回到诗一般的十九世纪，也不能隐向神话般的阿尔卑斯山，我们注定生活在这苦难的年代，以及苦难的中国。

孩子，每思及此，我就对你抱歉，人类的愚蠢和卑劣把自己陷在悲惨的命运里。而今，在这充满核子恐怖的地球上，我们有什么给新生的婴儿？不是金锁片，不是香槟酒，而是每人平均相当一百万吨TNT的核子威力。孩子，当你用完全信任的眼光看这个世界的时候，你是否看得见那些残忍的武器正悬在你小小的摇篮上？以及你父母亲的大床上？

我生你于这样一个世界，我也许是错了。天知道我们为你安排了一段怎样的旅程。

但是，孩子，我们仍然要你来，我们愿意你和我们一起学习爱人类，并且和人类一起受苦。不久，你将学会为这一切的悲剧而流泪——而我们的时代多么需要这样的泪水和祈祷。

诗诗，我的孩子，有了你我开始变得坚韧而勇敢。我竟然可以面对着冰冷的死亡而无惧于它的毒钩，我正视着生产的苦难而仍觉傲然。为你，孩子，我会去胜过它们。我从没有像现在这样热爱过生命，你教会我这样多成熟的思想和高贵的情操，我为你而献上感谢。

前些日子，我忽然想起《新约》上的那句话："你们虽然没有邮过他，却是爱他。"

我立刻明白爱是一种怎样独立的感情。当油加利的梢头掠过更多的北风，当高山的峰巅开始落下第一片初雪的莹白，你便会来到。而在你珊瑚色的四肢还没有开始在这个世界挥舞以前，在你黑玉的瞳仁还没有照耀这个城市之先，你已拥有我们完整的爱情，我们会教导你在孩提以前先了解被爱。诗诗，我们答应你要给你一个快乐的童年。

写到这里，我又模糊地忆起江南那些那么好的春天，而我们总是伏在火车的小窗上，火车绕着山和水而行，日子似乎就那样延续着，我仍记得那满山满谷的野杜鹃！满山满谷又凄凉又美丽的忧愁！

我们是太早懂得忧愁的一代。

而诗诗，你的时代未必就没有忧愁，但我们总会给你一个丰富的童年，在你所居住的屋顶上没有屋子这个世界的财富，但有许多的爱，许多的书，许多的理想和梦幻。我们会为你砌一座故事里的玫瑰花床，你便在那柔软的花瓣上游戏和休息。

当你渐渐认识你的父亲，诗诗，你会惊奇于自己的幸运，他诚实而高贵，他亲切而善良。慢慢地你也会发现你的父母相爱得有多么深。经过这样多年，他们的爱仍然像林间的松风，清馨而又新鲜。

诗诗，我的孩子，不要以为这是必然的，这样的幸运不是每一个孩子都有的。这个世界不是每一对父母都相爱的。曾有多少个孩子在黑夜里独泣，在他们还没有正式投入人生的时候，生命的意义便已经否定了。诗诗，诗诗，你不会了解那种幻灭的痛苦，在所有的悲剧之前，那是第一出悲剧。而事实上，整个人类都在相残着，历史并没有教会人类相爱。诗诗，你去教他们相爱吧，像那位诗哲所说的：

他们残暴地贪婪着，嫉妒着，他们的言辞有如隐藏的刀锋正渴于仗血。

去，我的孩子，去站在他们不欢之心的中间，让你温和的眼睛落在他们身上，有如黄昏的柔霭淹没那日间的争扰。

让他们看你的脸，我的孩子，因而知道一切事物的意义，让他们爱你，因而彼此相爱。

诗诗，有一天你会明白，上苍不会容许你吝守着你所继承的爱，诗诗，爱是蕾，它必须绽放。它必须在疼痛的破拆中献芳香。

诗诗，也教导我们学习更多更高的爱。记得前几天，一则药商的广告使我惊骇不已。

那广告是这样说的："孩子，不该比别人的衰弱，下一代的健康关系着我们的面子。要是孩子长得比别人的健康、美丽、快乐，该多好多荣耀啊。"诗诗，人性的卑劣使我不禁齿冷。诗诗，我爱你，我答应你，永不在我对你的爱里掺入不纯洁的成分，你就是你，你永不会被我们拿来和别人比较，你不需要为满足父母的虚荣心而痛苦。你在我们眼中永远杰出，你可以贫穷、可以失败，甚至可以潦倒。诗诗，如果我们骄傲，是为你本身而骄傲，不是为你的健康美丽或者聪明。你是人，不是我们培养的灌木，我们绝不会把你修剪成某种形态来使别人称赞我们的园艺天才。你可以照你的倾向生长，你选择什么样式，我们都会喜欢——或者学习着去喜欢。

我们会竭力地去了解你，我们会慎重地俯下身去听你述说一个孩童的秘密愿望，我们会带着同情与谅解帮助你度过忧闷的少年时期。而当你成年，诗诗，我们仍愿分担你的哀伤，人生总有那么些悲怆和无奈的事，诗诗，如果在未来的日子里你感觉孤单，请记住你的母亲，我们的生命曾一度相系，我会努力使这种系联持续到永恒。我再说，诗诗，我们会试着了解你，以及属于你的时代。我们会信任你——上帝从不赐下坏的婴孩。

我们会为你祈祷，孩子，我们不知道那些古老而太平的岁月会在什么时候重现。那种好日子终我们一生也许都看不见了。

如果这种承平永远不会再重现，那么，诗诗，那也是无可抗拒无可挽回的事。我只有祝福你的心灵，能在苦难的岁月里有内在的宁静。

常常记得，诗诗，你不单是我们的孩子，你也属于山，属于海，属于五月里无云的天空——而这一切，将永远是人类欢乐的主题。

你即将长大，孩子，每一次当你轻轻地颤动，爱情便在我的心里急速涨潮，你是小芽，蕴藏在我最深的深心里，如同音乐蕴藏在长长的箫笛中。

前些日子，有人告诉我一则美丽的日本故事。说到每年冬天，当初雪落下的那一天，人们便坐在庭院里，穆然无言地凝望那一片片轻柔的白色。

那是一种怎样虔敬动人的景象！那时候，我就想到你，诗诗，你就是我们生命中的初雪，纯洁而高贵，深深地撼动着我。那些对生命的惊服和热爱，常使我在静穆中有哭泣的冲动。

诗诗，给我们的大地一些美丽的白色。诗诗，我们的初雪。

念你们的名字

——寄阳明医学院大一新生

孩子们，这是八月初的一个早晨，美国南部的阳光舒迟而透明，流溢着一种让久经忧患的人鼻酸的、古老而宁静的幸福。助教把期待已久的发榜名单寄来给我，一百二十个动人的名字，我逐一地念着，忍不住覆手在你们的名字上，为你们祈祷。

在你们未来漫长的七年医学教育中，我只教授你们八个学分的中文，但是，我渴望能教你们如何做一个人——以及如何做一个中国人。

我愿意再说一次，我爱你们的名字，名字是天下父母满怀热望的刻痕，在万千中国文字中，他们所找到的是一两个最美丽最醇厚的字眼——世间每一个名字都是一篇简短质朴的祈祷！

“林逸文”“唐高骏”“周建圣”“陈震寰”，你们的父母多么期望你们是一个出类拔萃的孩子。“黄自强”“林进德”“蔡笃义”，多少伟大的企盼在你们身上。“张鸿仁”“黄仁辉”“高泽仁”“陈宗仁”“叶宏仁”“洪仁政”，说明了儒家传统对仁德的向往。“邵国宁”“王为邦”“李建忠”“陈泽浩”“江建中”，显然你们的父母曾把你们奉献给苦难的中国。“陈怡苍”“蔡宗哲”“王世尧”“吴景农”“陆恺”，含蕴着一个古老圆融的理想。我常惊讶，为什么世人不能虔诚地细味另一个人的名字？为什么我们不懂得恭敬地省察自己的名字？每一个名字，不论雅俗，都自有它的哲学和爱心。如果我们能用细腻的领悟力去叫人的名字，我们便能学会更多的互敬和互爱，这世界也可以因此更美好。

这些日子以来，也许你们的名字已成为乡梓邻里间一个幸运的符号，许多名望和财富的预期已模模糊糊和你们的名字联在一起，许多人用钦慕的眼光望着你们，一方无形的匾已悬在你们的眉际。有一天，“医生”会成为你们的第二个名字，但是，孩子们，什么是医生呢？一件比常人更白的衣服？一笔比平民更饱涨的月入？一个响亮荣耀的名字？孩子们，在你们不必讳言的快乐里，抬眼望望你们未来的路吧！

什么是医生呢？孩子们，当一个生命在温湿柔韧的子宫中悄然成形时，你，是第一个宣布这神圣事实的人。当那蛮横的小东西在尝试转动时，你，是第一窥得他在另一个世界的心跳的人。当他陡然冲入这世界，是你的双掌，接住那华丽的初啼。是你，用许多防疫针把成为正常的权利给了婴孩。是你，辛苦地拉动一个初生儿的船纤，让他开始自己的初航。当小孩半夜发烧的时候，你是那些母亲理直气壮打电话的对象。一个外科医生常像周公旦一样，是一个在简单的午餐中三次放下食物走入急救室的人。有的时候，也许你只需为病人擦一点红汞水，开几颗阿司匹林，但也有时候，你必须为病人切开肌肤，拉开肋骨，拨开肺叶，将手术刀伸入一颗深藏在胸腔中的鲜红心脏。你甚至有的时候必须忍受眼看血癌吞噬一个稚嫩无辜的孩童而束手无策的裂心之痛！一个出名的学者来见你的时候，可能只是一个脾气暴烈的牙痛病人；一个成功的企业家来见你的时候，可能只是一个气结的哮喘病人；一个伟大的政治家来见你的时候，也许什么都不是，他只剩下一口气，拖着一个中风后的瘫痪的身体。挂号室里美丽的女明星，或者只是一个长期失眠的、神经衰弱的、有自杀倾向的患者——你陪同病人经过生命中最黯淡的时刻，你倾听垂死者最后的一声呼吸，探查他最后的一槌心跳。你开列出生证明书，你在死亡证明书上签字，你的脸写在婴儿初闪的瞳仁中，也写在垂死者最后的凝望里。你陪同人类走过生、老、病、死，你扮演的是一个怎样的角色啊！一个真正的医生怎能不是一个圣者！

事实上，作为一个医者的过程正是一个苦行僧的过程，你需要学多少东西才能免于自己的无知，你要保持怎样的荣誉心才能免于自己的无行，你要几度犹豫才能狠下心拿起解剖刀切开第一具尸体，你要怎样自省才能在千万个病人之后免于职业性的冷静和无情。在成为一个医治者之前，第一需要被医治的，应该是我们自己。在一切的给予之前，让我们先成为一个“拥有”的人。

孩子们，我愿意把那则古老的“神农氏尝百草”的神话再说一遍。《淮南子》上说：“古者民茹草饮水，采树木之实，食蠃蜕之肉，时多疾病毒伤之害，于是神农乃始教民播种五谷……尝百草之滋味，水泉之甘苦，令民知所辟就，当此之时，一日而遇七十毒。”

神话是无稽的，但令人动容的是一个行医者的投入精神，以及那种人饥己饥、人溺己溺、人病己病的同情。身为一个现代的医生当然不必一天中毒七十余次，但贴近别人的痛苦，体谅别人的忧伤，以一个单纯的“人”的身份，恻然地探看另一个身罹疾病的“人”，仍是可贵的。

记得那个“悬壶济世”的故事吗？“市中有老翁卖药，悬一壶于肆头，及市罢，辄跳入壶中，市人莫之见。”——那老人的药事实上应该解释成他自己。孩子们，这世界上不缺乏专家，不缺乏权威，缺乏的是一个“人”，一个肯把自己给出去的人。当你们帮助别人时，请记得医药是有时而穷的，唯有不竭的爱能照亮一个受苦的灵魂。古老的医术中不可缺的是“探脉”，我深信那样简单的动作里蕴藏着一些神秘的象征意义，你们能否想象用一个医生敏感的指尖去采触另一个人的脉搏的神圣画面？

因此，孩子们，让我们自怵自惕，让我们清醒地推开别人加给我们的金冠，而选择长程的劳瘁。诚如耶稣基督所说：“非以役人，乃役于人。”真正伟人的双手并不浸在甜美的花汁中，它们常忙于处理一片恶臭的脓血。真正伟人的双目并不凝望最翠拔的高峰，它们低俯下来看一个卑微的贫民的病容。孩子们，让别人去享受“人上人”的荣耀，我只祈求你们善尽“人中人”的天职。

我曾认识一个年轻人，多年后我在纽约遇见他，他开过出租车，做过跑堂，试过各式各样的生存手段——他仍在认真地念社会学，而且还在办杂志。一别数年，恍如隔世，但最安慰的是当我们一起走过曼哈顿的时候，他无愧地说：“我抱持着我当年那一点对人的好奇，对人的执着。”其实，不管我们研究什么，可贵的仍是那一点点对人的诚意。我们可以用赞叹的手臂拥抱一千条银河，但当那灿烂的光流贴近我们的前胸，其中最动人的音乐仍是一分钟七十二响的雄浑坚实如祭鼓的人类的心跳！孩子们，尽管人类制造了许多邪恶，人体还是天真的可尊敬的奥秘的神迹。生命是壮丽的、强悍的，一个医生不是生命的创造者——他只是协助生命神迹保持其本然秩序的人。孩子们，请记住你们每一天所遇见的不仅是人的“病”，也是病的“人”，人的眼泪，人的微笑，人的故事，孩子们，这是怎样的权利！

长窗外是软碧的草茵，孩子们，你们的名字浮在我心中，我浮在四壁书香里，书浮在黯红色的古老图书馆里，图书馆浮在无际的紫色花浪间，这是一个美丽的校园。客中的岁月看尽异乡的异景，我所缅怀的仍是台北三月的杜鹃。孩子们，我们不曾有一个古老幽美的校园，我们的校园等待你们的足迹使之成为美丽。

孩子们，求全能者以广大的天心包覆你们，让你们懂得用爱心去托住别人。求造物主给你们内在的丰富，让你们懂得如何去分给别人。某些医生永远只能收到医疗费，我愿你们收到的更多——我愿你们收到别人的感念。

念你们的名字，在乡心隐动的清晨。我知道有一天将有别人念你们的名字，在一片黄沙飞扬的乡村小路上，或者曲折迂回的荒山野岭间，将有人以祈祷的嘴唇，默念你们的名字。

从你美丽的流域

推着车子从闸口出来，才发觉行李有多重，不该逞能，应该叫丈夫来接的，一抬头，熟悉的笑容迎面而来，我一时简直吓一跳，觉得自己是呼风唤雨的魔术家，心念一动，幻梦顿然成真。

“不是说，叫你别来接我吗？”看到人，我又嘴硬了。

“你叫我别来的时候，我心里已经决定要来了，答应你不来只是为了让你惊喜嘛！”

我没说话，两人一起推着车子走，仿佛举足处可以踏尽天涯。

“孙越说，他想来接你。”

“接什么接，七十分钟的飞机，去演一个讲就回来了，要接什么？”

“孙越有事找你，可是，他说，想想我们十天不见了，还是让我们单独见面好，他不要夹在中间。”

我笑起来，看不出孙越还如此细腻呢！

“他找我有什么事？”

“他想发起个捐血运动，找你帮忙宣传。”

“他怎么想到我的？”

“他知道你在香港捐过血——是我告诉他的。”

孙越——这家伙也真是，我这小小的秘密，难道也非得公开出来不可吗？

1983年9月我受聘到香港去教半年书。临先前是虽然千头万绪，匆忙间仍跳上台北新公园的捐血车，想留下一点别时的礼物，可惜验血结果竟然说血红素不够，原来我还是一个“文弱女子”，跟抽血小姐抗辩了几句，不得要领，只好回家整理行囊扬空而去。

1984年2月合约期满，要离港的那段日子，才忽然发现自己爱这座危城有多深。窗前水波上黎明之际的海鸥，学校附近大树上聒噪的黄昏喜鹊，教室里为我唱惜别曲的学生，深夜里打电话问我冬衣够不够的友人，市场里卖猪肠粉的和善老妇，小屋一角养得翠生生的鸟巢蕨……爱这个城是因为它仍是一个中国人的城，爱它是因为爱云游此处的自己。“浮屠不三宿桑下者，不欲久生恩爱。”僧人不敢在同一棵桑树下连宿三天，只因怕时日既久不免留情。香港是我淹留一学期的地方，怎能不恋栈？但造成这恋栈的形势既是自己选择的，别离之苦也就理该认命。

用什么方法来回报这个拥抱过的地方呢？这个我一心要向它感谢的土地。

我想起在报上看到的一则广告：

有个人，拿着机器往大石头里钻，旁边一行英文字，意思说：“因为，钻石头是钻不出什么血来的——所以，请把你的血给我们一点。”

乍看之下，心里不觉一痛，难道我就是那石头吗？冷硬绝缘，没有血脉，没有体温，在钻探机下碎骨裂髓也找不出一丝殷红。不是的，我也有情的沃土和血的川原，但是我为什么不曾捐一次血呢？只因我是个“被拒绝捐血的人”，可是——也许可以再试一下，说不定香港标准松些，我就可以过关了。

用一口破英文和破广东话，我按着广告上的指示打电话去问红十字会，这类事如果问“老香港”应该更清楚，但是我不想让别人知道，只好自己去碰。

还有什么比血更好呢，如果你爱一块土地，如果你感激周围的关爱，如果你回顾岁月之际一心谢恩，如果你喜欢跟那块土地生活时的自己，留下一点血应该是最好的赠礼吧。

那一天是2月6日，我赶到金钟，找到红十字会，那一带面临湾仔，有很好的海景。

“你的血要指定捐给什么人？”办事的职员客气地拿着表格要为我填上。

“捐给什么人？”我一时愣住，不，不捐给什么人，谁需要就可以拿去。这并不是什么了不起的东西，只不过是光与光的互照，水与水的交流，哪里还需要指定？凡世之人又真能指定什么、专断什么呢？小小的水滴，不过想回归大地和海洋，谁又真能指定自己的落点？幽微的星光，不过想用最温柔的方式说明自己的一度心事，又怎有权力预定在几千几百年后，落入某一个人的视线？

“不，不指定，”我淡淡一笑，“随便给谁都好。”

终于躺上了捐血椅，心中有着偷渡成功的窃喜，原来香港不这么严，我通过了，多好的事，护士走来，为我打了麻醉针。他们真好，真体贴。我瞪着眼看血慢慢地流入血袋，多好看的殷红色，比火更红，比太阳更红，比酒更红，原来人体竟是这么美丽的流域啊！

想起余光中的那首《民歌》来了，舒服地躺在椅子上慢慢回味着多年前台北中山纪念馆里的夜晚，层层叠叠的年轻人同声唱那首泪意的曲子：

传说北方有一首民歌
只有黄河的肺活量能歌唱
从青海到黄海
风 也听见
沙 也听见

如果黄河冻成了冰河
还有长江最最母性的鼻音
从高原到平原

鱼 也听见
龙 也听见

如果长江冻成了冰河
还有我，还有我的红海在呼啸
从早潮到晚潮
醒梦 也听见

有一天我的血也结冰
还有你的血他的血在合唱
从A型到O型
哭 也听见
笑 也听见

多好的红海，相较之下人反而成了小岛，零散的寄居在红海的韵律里。

离开红十字会的时候，办事小组要我留地址。

“我明天就回台湾呢！”

谁又是真有地址的人呢？谁不是时间的过客呢？如果世间真有地址一事，岂不是在一句话落地生根的他人的心田上，或者一滴血如河流相互灌注的渠道间——所谓地址，还能是什么呢？

快乐，加上轻微的疲倦，此刻想做的事竟是想到天象馆去看一场名叫《黑洞》的影片，那期间有多少茫茫宇宙不可解不可触的奥秘，而我们是小小的凡人，需要人与人之间无伪的关怀。但明天要走，有太多有待收拾有待整理的箱子和感情，便决定要回到我寓寄的小楼去。

那一天，我会记得，1984年2月6日，告别我所爱的一个城，飞回我更爱的另一个城，别盏是一袋血。那血为谁所获，我不知道，我知道的是自己的收获。我感觉自己是一条流量丰沛的大河，可以布下世间最不需牵挂的天涯深情。

还有什么比这更好的事呢？

后记：这篇小文是应友人孙悦发起的捐血运动而作的，论性质不免倾向“实用性”，但自己斟酌一下，觉得也可看作某一时期的“点式的自传”，所以仍然收在集子里。

买橘子的两种方法

巷口有人在卖桶柑，我看了十分欢喜，一口气买了三斤，提回家来，回到家，才愕然发现，公公也买了一袋同样的桶柑。他似乎没有发现我手上的水果，只高高兴兴地对我说：“我今天看到有人在卖这种蜜柑，还不错，我就买了——你知道吗？买这种橘子，要注意，要拣没有梗没有叶的这种来买。你想，梗是多么重啊！如果每个橘子都带梗带叶，买个两三斤，就等于少买了一个橘子，那才划不来。”

我愣了一下，笑笑，没说什么。原因是，我买的每一个橘子都带梗带叶。而且，我又专爱挑叶子极多的那种来买。对我而言，买这橘子一半是为嘴巴，一半是为眼睛。我爱那些绿叶，我觉得卖柑者把一部分的橘子园也借着那些叶片搬下山来了。买桶柑而附带买叶子，使我这个“台北市人”能稍稍碰触一下那种令人想得发狂的田园梦。

而公公那一代却是从贫穷边缘挣扎出来的，对他来说，如果避开枝叶就可以为家人争取到多一枚橘子，实在是开心之极的事。他把这“买橘秘籍”传授给我，其实是好意地示我以持家之道。

我知道公公是对的，但我知道自己也没有错。

公公只要买橘子，我要的却更多。我如果把我买的那种橘子盛在家中一只精美的竹箩筐里，并放在廊下，就可以变成室内设计的一部分。而这种美的喜悦令人进进出出之际恍然误以为自己在柑橘园收成。对我而言那几片小叶子比花还美，而花极贵，岂容论斤秤买？我把我买的叶子当插花看待，便自觉是极占便宜的一种交易。

而这个世界上，我们总是不断碰到“我对他也对”的局面。那一天，我悄悄把自己买的带叶桶柑拎进自己的卧房。对长辈，辩论对错是没有什么意义的。

许多年过去了，公公依然用他的方法买无叶橘子。而我，也用我的方法买有叶橘子。他的橘子，我嫌它光秃秃的不好看，但我知道那无损于公公忠恳简朴的善良本性。他的买橘方法和我的一样值得尊崇敬重。

一双小鞋

说起来，我的收藏品多半是路边捡来的，少半是以极便宜的价钱买的。只有偶然一两件是贵东西，其中一件是双旧鞋子。挂在墙上，非常不起眼，却花了我大约五千元台币。

我之所以买那双鞋是因为那是双旧式的小脚女人的鞋子。

小鞋子我倒也看过许多，博物馆里有那小鞋绣得五彩斑斓，耀目生辉，大小差不多只够塞一只男人的大拇指，真是不可思议。

其实那种鞋不是人穿的，是女信徒做来供奉给神明穿的——当然是供给女性神明。至于中国女人为什么认为女神也是裹小脚的？倒也费人思索，值得写出一本大书来。

而我买的这双鞋长度大约十六七公分，是女人穿的，而且穿得有些旧了。我把它挂在一块木板上，木板上还有另外收藏的六双鞋，多半是些小孩的虎头鞋凤头鞋，色泽活泼鲜丽。只有这双鞋，灰扑扑的，仿佛评剧里的苦旦穿着它走了千里万里了。每一根经线都是忍耐，每一根纬线都是苦熬。

我买这样一双鞋，挂在那里，是提醒我自己，女人，曾经是个受苦的族类。我今天能大踏着一双天足跑来跑去是某些先贤力争的结果——这一切，其实得来不易。

对先辈的女人我也充满敬意，她们终生拖着一双扭曲骨折的脚。但碰到逃荒的岁月，却也一样跑遍大江南北，她们甚至也下田也担水，也做许多粗活。她们是怎么熬过来的？她们令我惊奇，令历史惊奇。

望着那双不知哪一位女人穿过的小鞋，我的思绪不觉被牵往幽渺的年代。那女人可能只是个普通人家的妇女。如果是有钱人家，脚就会裹得更小，因为不太需要劳动——鞋子是黑布做的，不是华美典丽的那种，而且那黑色已穿得泛了灰，看来是走了不少路了。鞋上的绣花也适可而止，不那么花团锦簇。总之，那鞋怎么看都是贫苦妇女的鞋子，而贫苦妇女其实也就是受难妇女的同义词吧？我之所以买下这双灰头土脸的鞋子，其实也是对逝去年月中的受苦者的一点思忆之情吧？

讽刺的是，今天这个时代虽没有人会为小女孩裹脚了，可是女子的生命果真已是自由的不受摧折的生命吗？

当魔魇似的紧箍咒从脚趾移开的时候，它会不会变了相又钻到头脑和心灵里去了？不“裹脚”的女子能保证自己是不“裹脑”、不“裹心”的女子吗？

我常常呆望着那双小鞋而迷惑起来。

一句好话

于是我学会了为阳光感谢

——因为阴晦并非不可能。

学会了为平静而索味的日子感谢

——因为风暴并非不可能。

学会了为粗食淡饭感谢

——因为饥饿并非不可能。

一句好话

小时候过年，大人总要我们说吉祥话，但碌碌半生，竟有一天我也要教自己的孩子说吉祥话了，才蓦然警觉这世间好话是真有的，令人思之不尽，但却不是“升官”“发财”“添丁”这一类的，好话是什么呢？冬夜的晚上，从爆白果的馨香里，我有一句没一句地想起来了……

“你们爱吃肥肉还是瘦肉？”

讲故事的是个年轻的女佣人名叫阿密，那一年我八岁，听善忘的她一遍遍重复讲这个她自己觉得非常好听的故事，不免烦腻，故事是这样的：

有个人啦，欠人家钱，一直欠，欠到过年都没有还哩，因为没有钱还嘛。后来那个债主不高兴了，他不甘心，所以到了吃年夜饭的时候，就偷偷跑到欠钱的家里，躲在门口偷听，想知道他是真没有钱还是假没有钱，听到开饭了，那欠钱的说：

“今年过年，我们来大吃一顿，你们小孩子爱吃肥肉？还是瘦肉？”

（顺便插一句嘴，这是个老故事，那年头的肥肉瘦肉都是无上美味。）

那债主站在门外，听得清清楚楚，气得要死，心里想，你欠我钱，害我过年不方便，你们自己原来还有肥肉瘦肉拣着吃哩！他一气，就冲进屋里，要当面给他好看，等到跑到桌上一看，哪里有肉，只有一碗萝卜一碗番薯，欠钱的人站起来说，“没有办法，过年嘛，萝卜就算是肥肉，番薯就算是瘦肉，小孩子嘛！”

原来他们的肥肉就是白白的萝卜，瘦肉就是红红的番薯。他们是真穷啊，债主心软了，钱也不要了，跑回家去过年了。

许多年过去了，这个故事每到吃年夜饭时总会自动回到我的耳畔，分明已是一个不合时宜的老故事，但那个穷父亲的话多么好啊，难关要过，礼仪要守，钱却没有，但只要相恤相存，菜根也自有肥腴厚味吧！

在生命宴席极寒碜的时候，在关隘极窄极难过的时候，我仍要打起精神自己说：

“喂，你爱吃肥肉还是瘦肉？”

“我喜欢跟你用同一个时间。”

他去欧洲开会，然后转美国，前后两个月才回家，我去机场接他，提醒他说：“把你的表拨回来吧，现在要用台湾时间了。”

他愣了一下，说：

“我的表一直是台湾时间啊！我根本没有拨过去！”

“那多不方便！”

“也没什么，留着台湾的时间我才知道你和小孩在干什么，我才能想象，现在你在吃饭，现在你在睡觉，现在你起来了……我喜欢跟你用同一个时间。”

他说那句话，算来已有十年了，却像一幅挂在门额的绣锦，鲜色的底子历经岁月，却仍然认得出是强旺的火。我和他，只不过是凡世中，平凡又平凡的男子和女子，注定是没有情节可述的人，但久别乍逢的淡淡一句话里，却也有我一生惊动不已、感念不尽的恩情。

“好咖啡总是放在热杯子里的！”

经过罗马的时候，一位新识不久的朋友执意要带我们去喝咖啡。

“很好喝的，喝了一辈子难忘！”

我们跟着他东抹西拐大街小巷地走，石块拼成的街道美丽繁复，走久了，让人会忘记目的地，竟以为自己是出来踏石块的。

忽然，一阵咖啡浓香侵袭过来，不用主人指引，自然知道咖啡店到了。

咖啡放在小白瓷杯里，白瓷很厚，和中国人爱用的薄瓷相比另有一番稳重笃实的感觉。店里的人都专心品咖啡，心无旁骛。

侍者从一个特殊的保暖器里为我们拿出杯子，我捧在手里，忍不住讶道：

“咦，这杯子本身就是热的哩！”

侍者转身，微微一躬，说：“女士，好咖啡总是放在热杯子里的！”

他的表情既不兴奋，也不骄矜，甚至连广告意味的夸大也没有，只是淡淡地在说一句天经地义的事而已。

是的，好咖啡总是应该斟在热杯子里的，凉杯子会把咖啡带凉了，香气想来就会蚀掉一些，其实好茶好酒不也都如此吗？

原来连“物”也是如此自矜自重的，庄子中的好鸟择枝而栖，西洋故事里的宝剑深契石中，等待大英雄来抽拔，都是一番万物的清贵，不肯轻易亵慢了自己。古代的禅师每从喝茶喂粥去感悟众生，不知道罗马街头那端咖啡的侍者也有什么要告诉我的，我多愿自己也是一份千研万磨后的香醇，并且慎重地斟在一只洁白温暖的厚瓷杯里，带动一个美丽的清晨。

“将来我们一起老。”

其实，那天的会议倒是很正经的，仿佛是有关学校的研究和发展之类的。

有位老师，站了起来，说：

“我们是个新学校，老师进来的时候都一样年轻，将来要老，我们就一起老了……”

我听了，简直是急痛攻心，赶紧别过头去，免得让别人看见的眼泪——从来没想到原来同事之间的萍水因缘也可以是这样的一生一世啊！学院里平日大家都忙，有的分析草药，有的解剖小狗，有的带学生做手术，有的正埋首典籍……研究范围相差既远，大家都不暇顾及别人，然而在一度一度的后山蝉鸣里，在一阵阵的上课钟声间，在满山台湾相思芬芳的韵律中，我们终将垂垂老去，一起交出我们的青春而老去。

“你长大了，要做人了！”

汪老师的家是我读大学的时候就常去的，他们没有子女，我在那里从他读“花间词”，跟着他的笛子唱昆曲，并且还留下来吃温暖的羊肉涮锅……

大学毕业，我做了助教，依旧常去。有一次，为了买不起一本昂价的书便去找老师给我写张名片，想得到一点折扣优待。等名片写好了，我拿来一看，忍不住叫了起来：

“老师，你写错了，你怎么写‘兹介绍同事张晓风’，应该写‘学生张晓风’的呀！”

老师把名片接过来，看看我，缓缓地说：

“我没有写错，你不懂，就是要这样写的，你以前是我的学生，以后私底下也是，但现在我们在一所学校里，你是助教，我是教授，阶级虽不同却都是教员，我们不是同事是什么！你不要小孩子脾气不改，你现在长大了，要做人了，我把你写成同事是给你做脸，不然老是‘同学’‘同学’的，你哪一天才成人？要记得，你长大了，要做人了！”

那天，我拿着老师的名片去买书，得到了满意的折扣，至于省掉了多少钱我早已忘记，但不能忘记的却是名片背后的那番话。直到那一刻，我才在老师的爱纵推重里知道自己是与学者同其尊、与长者同其荣的，我也许看来不“像”老师的同事，却已的确“是”老师的同事了。

竟有一句话使我一夕成长。

幸亏

一

似乎常听人抱怨菜贵，我却从来不然，甚至听到怨词的时候心里还会暗暗骂一句：“贵什么贵，算你好命，幸亏没遇上我当农人，要是我当农人啊，嘿、嘿，你们早就卖不起菜了！”

这样想的时候，心里也曾稍稍不安，觉得自己是坏人，是“奸农”。但一会儿又理直气壮起来，把一本账重头算起。

譬如说米，如果是我种的，那是打死也舍不得卖得比珍珠贱价的。古人说“米珠薪桂”，形容物价高，我却觉得这价钱合理极了，试想一粒谷子是由种子而秧苗而成稻复成粒的几世正果，那里面有几千年相传的农业智慧，以及阳光、沃土，和风细雨的好意。观其背后则除了农人的汗泽以外也该包括军人的守土有功，使农事能一年复一年地平平安安地进行，还有运输业，使浊水溪畔的水稻能来到我的碗里，说一颗米抵得一颗明珠也没有什么可惭愧的吧？何况稻谷熟时一片金黄，当真是包金镶玉，粒粒有威仪，如果讨个黄金或白玉的价格也不为过吧！

所以说，幸亏我不种田，我种的田收的谷非卖这价码不可！西南水族有则传说便是写这求稻种的故事，一路叙来竟是惊天动地的大业了，想来人世间万花万草如果遭天劫只准留下一本，恐怕该留的也只是麦子或稻子吧！因此，我每去买米，总觉自己占了便宜，童话世界里每有聪明人巧计骗得小仙小妖的金银珠宝，满载而归，成了巨富。我不施一计却天天占人大便宜，以贱价吃了几十年尊同金玉的米麦，虽不成巨富，却使此身有了供养，也该算是赚饱了。故事里菩萨才有资格被供养呢，我竟也大剌剌地坐吃十方，对占到的便宜怎能不高兴偷笑。

逢到风季，青菜便会大涨，还有一次过年，荞菜竟要二百元（台币）一斤。菜贵时，报上、电视上、公车上一片怨声，不知为什么，我自己硬是骂不出口，心里还是那句老话，嘿嘿，幸亏我非老圃，否则番茄怎可不与玛瑙等价，小白菜也不必自卑而低于翡翠，茄子难道不比紫水晶漂亮吗？鲜嫩的甜玉米视同镶嵌整齐的珍珠也是可以的，新鲜的佛手瓜浅碧透明，佛教徒拿来供奉神明的，像琥珀一样美丽，该出多少价钱，你说吧——对这种荐给神明吃都不惭愧的果实！

把豇豆叫“翠蜿蜒”好不好？豌豆仁才是真正的美人“绿珠”，值得用一斛明珠来衡其身价，芥菜差不多是青菜世界里的神木，巍巍然一大堆，那样厚实的肌理，应该怎么估值呢？

胡萝卜如果是我种的，收成的那天，非开它一次“美展”不可，多浪漫多古典且又多写实的作品啊！鲜红翠绿的灯笼椒如果是我家采来的，不出一千块钱休想拿走，一个人如果看这样漂亮的灯笼椒也不感动于天恩人惠的话，恐怕也只好长夜凄凄，什么其他的灯笼也引渡他不得了。

塌棵菜是呈辐射状的祖母绿。牛蒡不妨看作长大长直的人参，山药像泥土中挖出的奇形怪状的岩石，却居然可吃。红菱角更好，是水族，由女孩子划着古典的小船去摘来的，那份独特的牛角形包装该算多少钱才公平？

南瓜这种东西去开美展都不够，应该为它举行一次魔术表演的，如何一颗小小的种子铺衍成梦，复又花开蒂落结成往往一个人竟抬不动的大瓜。南瓜是和西方灰姑娘童话并生的，中国神话里则有葫芦，一个人如果有权利把童话和神话装在菜篮里拎着走，付多少钱都不算过分吧？

释迦趺坐在莲花座上，但我们是凡人，我们坐在餐桌前享受莲的其他部分，我们吃藕吃莲子，或者喝荷叶粥，夹荷叶粉蒸肉，相较之下，不也是一份凡俗的权利吗？故事里的湘妃哭竹，韩湘子吹一管竹笛，我们却只管放心地吃竹笋，吃竹叶包的粽子。记得有一次请外国朋友吃饭向他解释一道“冰糖米藕”的甜点说：“这是用一种可以酿酒的米（糯米），塞在莲花根（藕）里做的，里面的糖呢，是一种冰山一样的糖。”外国人依他们的习惯发出大声的惊叹，我居之不疑，因为那一番解释简直把我自己都惊动了。

这样看来，一截藕（记得，它的花是连菩萨也坐得的）应卖什么价呢？一斤笋（别忘了，它的茎如果凿上洞，变成笛子是神仙也吹得的）该挂牌多少才公平呢？

所以说，还好，幸亏我不务农，否则，任何人走出菜场恐怕早已倾家荡产了。

二

世人应该庆幸，幸亏我不是上帝。

我是小心眼的人间女子，动不动就和人计较。我买东西要盘算，跟学生打分数要计到小数点以后再四舍五入，发现小孩不乖也不免要为打三下打二下而斟酌的，丈夫如果忘了该纪念的日子当然也要半天不理他以示薄惩。

如果让这样的人膺任上帝，后果大概是很可虑的。

春天里，满山繁樱，却有人视而无睹，只顾打开一只汽水罐，我如果是上帝，准会大吼一声说：

“这样的人，也配有眼睛吗？”

这一来，十万个花季游客立时会瞎掉五万以上，第二天，盲校的校长不免为突然剧增的盲生急得不知如何是好。

所以，幸亏我不是上帝。

闲来无事，我站在云头一望，有那么多五颜六色的工厂污水一一流向浅碧的溪流，我传下旨意：

“这样糟蹋大地，让别人活不成了，我也要让他活不成。”

第二天，天使检点人数，一个小小的岛上居然死了好几万个跟“污水罪”有关的人。

有人电鱼，有人毒鱼，这种人，留着做什么，一起弄死算了。

其他的松林中不闻天籁的，留耳何为？抱着婴儿也不闻乳香的，留鼻何用？从来没有帮助过人的双手双脚废了也不可惜，从来没有为阳光和空气心生感激的人，我就停止他们五分钟“空气权”让他知道厉害。

所以说，还好，幸亏我不是上帝。

世间更有人不自珍惜，或烟酒相残，或服食迷幻药，或苟且自误，或郁郁无所事事，这样的人，留智慧何用？不如一律还原成白痴，如此一来不知世间还能剩几人有头脑？

我上任后，不消半年，停阳光者有之，停水、停空气者有之，而且有人缺手，有人断足，整个世界都被罚得残缺了。而人性丑陋依旧，愚鲁依旧。

让河流流经好人和坏人的门庭，这是上帝。让阳光爱抚好人和坏人的肩膀，这是上帝。不管是好人坏人，地心吸力同样将他们仁慈地留在大地上，这才是上帝的风格，并且不管世人多么迟钝蒙昧，春花秋月和朝霞夕彩会永远不知疲倦的挥霍下去，这才是上帝。

是由于那种包容和等待，那种无所不在的覆罩和承载，以及仁慈到溺爱程度的疼惜，我才安然拥有我能有的一切。

所有的人都该庆幸——幸亏自己不是上帝。

想要道谢的时刻

研究室里，我正伏案赶一篇稿子，为了抢救桃园山上一栋“仿唐式”木造建筑。自己想想也好笑，怎么到了这个年纪，拖儿带女过日子，每天柴米油盐烦心，却还是一碰到事情就心热如火呢？

正赶着稿，眼角余光却看到玻璃垫上有些小黑点在移动，我想，难道是蚂蚁吗？咦，不止一只哩，我停了笔，凝目去看，奇怪了，又没有了，等我写稿，它又来了。我干脆放下笔，想知道这神出鬼没的蚂蚁究竟是怎么回事。

终于让我等到那黑点了，把它看清楚后我忍不住笑了起来，它们哪里是蚂蚁，简直天差地远，它们是鸟哩——不是鸟的实体，是鸟映在玻璃上的倒影。

于是我站起来，到窗口去看天，天空里有八九只纯黑色的鸟在回旋疾飞，因为飞得极高，所以只剩一个小点，但仍然看得出来有分叉式的尾巴，是乌鸦吗？还是小雨燕？

几天来因为不知道那栋屋子救不救得了，心里不免忧急伤恻，但此刻，却为这美丽的因缘而感谢得想顶礼膜拜，心情也忽然开朗起来。想想世上有几人能幸福如我，五月的研究室，一下子花香入窗，一下子清风穿户，时不时地我还要起身“送客”，所谓“客”，是一些笨头笨脑的蜻蜓，老是一不小心误入人境，在我的元杂剧和明清小品文藏书之间横冲直撞，我总是小心翼翼地把它们送回窗外去。

而今天，撞进来的却是高空上的鸟影，能在映着鸟影的玻璃垫上写文章，是李白杜甫和苏东坡全然想象不出的佳趣哩！

也许美丽的不是鸟，也许甚至美丽的不是这繁锦般的五月，美丽的是高空鸟影偏偏投入玻璃垫上的缘会。因为鸟常有，五月常有，玻璃垫也常有，唯独五月鸟翼掠过玻璃垫上晴云的事少有，是连创意设计也设计不来的。于是转想我能生为此时此地之人，为此事此情而忧心，则这份烦苦也是了不得的机缘。文王周公没有资格为桃园神社担心，为它担心疾呼是我和我的朋友才有的权利，所以，连这烦虑也可算是一场美丽的缘法了。为今天早晨这不曾努力就获得的奇遇，为这不必要求就拥有的佳趣（虽然只不过是来了又去了的玻璃垫上的黑点），为那可以对自己安心一笑的体悟，我郑重万分地想向大化道一声谢谢。

有些人

有些人，他们的姓氏我已遗忘，他们的脸却恒常浮着——像晴空，在整个雨季中我们不见它，却清晰地记得它。

那一年，我读小学二年级，有一个女老师——我连她的脸都记不起来了，但好像觉得她是很美的（有哪一个小学生心目中的老师不美呢？），也恍惚记得她身上那片不太鲜丽的蓝。她教过我们些什么，我完全没有印象，但永远记得某个下午的作文课，一位同学举手问她“挖”字该怎么写，她想了一下，说：

“这个字我不会写，你们谁会？”

我兴奋地站起来，跑到黑板前写下了那个字。

那天，放学的时候，当同学们齐声向她说“再见”的时候，她向全班同学说：

“我真高兴，我今天多学会了一个字，我要谢谢这位同学。”

我立刻快乐得有如胁下生翅一般——我生平似乎再没有出现那么自豪的时刻。

那以后，我遇见无数学者，他们尊严而高贵，似乎无所不知。但他们教给我的，远不及那个女老师多。她的谦逊，她对人不吝惜的称赞，使我忽然间长大了。

如果她不会写“挖”字，那又何妨，她已挖掘出一个小女孩心中宝贵的自信。

有一次，我到一家米店去。

“你明天能把米送到我们的营地吗？”

“能。”那个胖女人说。

“我已经把钱给你了，可是如果你们不送，”我不放心地说，“我们又有什么证据呢？”

“啊！”她惊叫了一声，眼睛睁得圆突突，仿佛听见一件耸人听闻的罪案，“做这种事，我们是不敢的。”

她说“不敢”两字的时候，那种敬畏的神情使我肃然，她所敬畏的是什么呢？是尊贵古老的卖米行业？还是“举头三尺即有神明”？她的脸，十年后的今天，如果再遇到，我未必能辨认，但我每遇见那无所不为的人，就会想起她——为什么其他的人竟无所畏惧呢！

有一个夏天，中午，我从街上回来，红砖人行道烫得人鞋底都要烧起来似的。忽然，我看到一个衣衫褴褛的中年人疲软地靠在一堵墙上，他的眼睛闭着，黧黑的脸曲扭如一截枯根，不知在忍受什么？

他也许是中暑了，需要一杯甘洌的冰水。他也许很忧伤，需要一两句鼓励的话，但满街的人潮流动，美丽的皮鞋行过美丽的人行道，但没有人驻足望他一眼。

我站了一会儿，想去扶他，但我闺秀式的教育使我不能不有所顾忌，如果他是疯子，如果他的行动冒犯我——于是我扼杀了我的同情，让自己和别人一样地漠然离去。

那个人是谁？我不知道，那天中午他在眩晕中想必也没有看到我，我们只不过是路人。但他的痛苦却盘踞了我的心，他的无助的影子使我陷在长久的自责里。

上苍曾让我们相遇于同一条街，为什么我不能献出一点手足之情，为什么我有权漠视他的痛苦？我何以怀着那么可耻的自尊？如果可能，我真愿再遇见他一次，但谁又知道他在哪里呢？

我们并非永远都有行善的机会——如果我们一度错过。

那陌生人的脸于我是永远不可弥补的遗憾。

对于代数中的行列式，我是一点也记不清了。倒是记得那细瘦矮小貌不惊人的代数老师。

那年七月，当我们赶到联考考场的时候，只觉整个人生都摇晃起来，无忧的岁月至此便渺茫了，谁能预测自己在考场后的人生？

想不到的是代数老师也在那里，他那苍白而没有表情的脸竟会奔波过两个城市而在考场上出现，是颇令人感到意外的。

接着，他蹲在泥地上，拣了一块碎石子，为特别愚鲁的我讲起行列式来。我焦急地听着，似乎从来未曾那么心领神会过。泥土的大地可以成为那么美好的纸张，尖锐的利石可以成为那么流丽的彩笔——

我第一次懂得，他使我在书本上的朱注之外了解了所谓“君子谋道”的精神。

那天，很不幸的，行列式没有考，而那以后，我再没有碰过代数书，我的最后一节代数课竟是蹲在泥地上上的。我整个的中学教育也是在那无墙无顶的课室里结束的，事隔十多年，才忽然咀嚼出那意义有多美。

代数老师姓什么？我竟不记得了，我能记得中文老师所填的许多小词，却记不住代数老师的名字，心里总有点内疚。如果我去母校查一下，应该不甚困难，但总觉得那是不必要的，他比许多我记得住姓名的人不是更有价值吗？

劫后

那天早上大概是被白云照醒的，我想。云影一片接一片地从窗前扬帆而过，带着秋阳的那份特殊的耀眼。

阳光是真的出现了，阳光差不多可以嗅出来——在那么长久的风雨和阴晦之后。我没有带伞便走了出去，澄碧的天空值得信任。

琉公圳的水退了，两岸的垂柳仍沾惹这黯淡的黑泥，那一夜它们必然曾经浸在泥泞的大水中。还有那些草，不知它们那一夜曾以怎样的荏弱去抗拒怎样的坚强。我只知道——凭着今天的阳光我知道——有一天，柳丝仍将毵毵如金，芳草将仍萋萋胜碧，生命永不会被击倒。

有些孩子，赤着脚在退去的水中嬉玩，手里还捏着刚捉到的泥腥的小鱼欢乐仍在，游戏仍在，贫困中自足的怡情仍在。

巷子里，巷子外，快活的工人爬在屋顶和墙头上。调水泥的声音，砌砖块的声音，钉木桩的声音，那么协调地响在发亮的秋风里。受创的记忆忽然间变得很遥远，眼前只有音乐——这灾劫之后美丽的重建之声。于是便想起战争，想起使人类恐惧了很久却未出现的战争。忽然觉得并没有什么可怕，如果在那时只剩下一对男女，他们仍将削木为梳，裁叶为衣，并且举火为炊。生活的弦将永不辍断。

局促的瓦屋前，人人将团花的旧被撑在椅子上。微温的阳光下，那俗艳的花朵竟也出奇地动人。今夜，松香的软褥上，将升起许多安恬的梦。今夜将无风，今夜将无雨，今夜是可预料的甜蜜。

街头重新有了拥挤不堪的车辆和人群，车子停滞不前，大家都耐心地等着。灾劫之后，似乎人性变得和善了一些，也不十分在乎这几分钟的耽延了。交通车里，平常不交一言的同事也开始互相问询：

“府上还好吗？”

“还好，没有什么。”

“只进了一尺水。”

“我们家的水已经齐胸了。”

话题很愉快，余痛已不再写在脸上。每个人都高高兴兴地像负了伤仍然自豪的战士，去努力恢复旧有的秩序。似乎大家都发现能有一张餐桌可供食，有一张干燥的旧床可供憩息，是多么美好幸福的事。

菜场里再度熙攘起来，提着篮子的主妇愉快地穿梭着，并且重新有了还价的兴致。我第一次发现满筐的鸡蛋看来竟有那么圆润可爱。那微赤带褐的洛岛红，那晶莹欲穿的来亨，都像是什么战争中赢来的珠宝，被放在显要的位置上炫耀它们所代表的胜利——在十一级的风之后，在十二级的水之后。

隔楼的琴声在久久的沉寂后终于响起，那既不成熟又不动听的旋律却令人几乎垂泪。在灾变之后，我忽然关心起那弹琴的小女孩，想她必然也曾惊悸过，哭泣过。而此刻，她的琴声里重新响起稳定而幸福的感觉，像一阕安眠曲，平复了日间的忧伤。

简单的琴声里，我似乎渐渐能看见那些山石下的死者，那些波涛中的生者，一刹那间，他们仿佛都成了我的弟兄。我与那些素未谋面的受难者同受苦难，我与那些饥寒的人一同饥寒。有时候，我甚至能亲切地想到几万年前的古人，在那个落地玻璃被吹破，黑暗中榉木地板上流着雨水的夜里，我便那么确实地感到他们的战栗，以及他们的不屈。我第一次稍稍了解那些在矿灾之后地震之余的手足。我第一次感到他们眼泪在我的眼眶中流转，我第一次感到他们的悲哀在我的血管中翻腾。

于是学会了为阳光感谢——因为阴晦并非不可能；学会了为平静而索然无味的日子感谢——因为风暴并非不可能；学会了为粗食淡饭感谢——因为饥饿并非不可能；甚至学会了为一张狰狞的面目感谢——因为有一天，我们中间不知谁便要失去这十分脆弱的肉体。

并且，那么容易地便了解了每一件不如意的事，似乎原来都可以更不如意。而每一件平凡的事，都是出于一种意外的幸运。日光本来并不是我们所应得的，月光也未曾向我们索取过户税。还有那些焕然一天的星斗，那些灼热了四季的玫瑰，都没有服役于我们的义务。只因我们已习惯于它们的存在，竟至于习惯得不再激动，不再觉得活着是一种恩惠，不再存着感戴和敬畏。但在风雨之后，一切都被重新思索，这才忽然惊喜地发现，一年之中竟有那么多美好的日子——每一天，都是一个欢欣的感恩节。

有一天，当许多许多年之后，或许在一个多萤的夏夜，或许在一个炉火半温的冬天黄昏，我们会再提起艾尔西和芙劳西，会提起那交加的风灾雨劫，但我们会欢欣地复述，不以它为祸，只以它为一则奇妙耐听的老故事。

我们将淡忘那些损失，我们不复记忆那些恐惧。我们只将想到那停电的夜里，家人共围着一支小红烛的美好画面。我们将清晰地记起在四方风雨中，紧拥着一个哭泣的孩童，并且使他安然入睡的感觉，那时候那孩子或许已是父亲。我们更将记得灾劫之后的阳光，那样好得无以复加地落在受难者的门楣上。

谢谢

我深爱这两个字，这是人类共有的最美丽的语言。

凡不肯说“谢谢”的人，是一个骄傲冷漠的人，他觉得在这个世界过的是“银货两讫”的日子。他是工商业社会的产物，他觉得他不欠谁，不求谁，他所拥有的东西都是他该得的，所以他不需要向谁说“谢谢”。

但我知道，我并不“该”得什么，我曾赤手空拳来到这个世界，没有人“该”爱我，没有人“该”养我，没有人“该”为我废寝忘食。我也许缴了学费，但老师那份关怀器重是我买得到的吗？我也许付了米钱，但农民的辛劳岂是我那一点儿钱报答得了的？

曾有一个得道的人说：“日日是好日！”用现代语言表达，我要说：“每一天都是感恩节。”

不是在生命退潮的黄昏，而是现在，我要学习说“谢谢”。在日风渐薄的今天，我们越来越少发现涌自内心的谢意，不管是对人的，还是对天的。

其实，值得感谢的岂止是天、地、日、月、星辰？天地三光之上的主宰岂不更该感谢？

在这个茫茫大荒的宇宙中，我们究竟付出了什么而这样理直气壮地坐享一切呢？我们曾购买过“生之入场券”吗？我们曾预定过阳光、函购过月色吗？对于我们每一秒钟都在享用的空气，我们自始至终曾纳过税吗？我们曾喝过多少水？那是出于谁的布施？

然而我们不肯说“谢谢”。

如果花香要付钱，如果无边的年年换新的草原和地毯等价，如果喜马拉雅山和假山一样计石块算钱的话，希腊船王奥纳西斯的遗产够付吗？如果以金钱来计，一个人要献上多少钱，才有资格去观赏令人感动泣下的一个新生婴儿发亮的眼睛和挥舞的小手呢？

然而我们不肯说“谢谢”。

古老的故事里记载：“汉武帝以铜人作承露盘，高二十丈，大十围。上有仙人掌，承露和玉屑，饮之以求仙。”

其实，汉武帝的手法是太麻烦了，承受天露是不必铸造那样高耸入云的承露盘的，如果上帝给任何卑微的小草均沾上露水，他难道会吝惜把百倍丰富的天恩给我们吗？

要求仙，何须制造“露水如玉屑”的特殊饮料呢？

只要我们能像一个单纯的孩童，欣然地为朝霞大声喝彩，为树梢的风向而凝目深思，为人跟人之间的忠诚、友谊而心存感动，为人如果能存着满心美好的激越，岂不比成“仙”更好？那些玉屑调露水的配方并没有使雄图大略的汉武帝取得应有的平静祥和，相反的，在他老年时一场疑心生暗鬼的蛊惑里，牵连了上万人的性命。

他永远不曾知道一颗知恩感激的心才是真正的承露盘，才能承受最清冽的甘露。

中国人的谦逊，总喜欢说“谬赏”“错爱”，英文里却喜欢说“相信我，我不会使你失望的”。

作为一个中国人，我更能接受的是前一种态度，当有人赞美我或欣赏我时，我心里会暗暗惭愧，我会想：“不！不！我不像你说的那么好，你喜欢我的作品，只能解释为一种缘分，一种错爱。古今中外，可欣赏可膜拜的作品有多少，而你独钟于我，这就使我感激万端。”

我的心在感激时降得更卑微、更低，像一片深陷的湖泊，我因而承受了更多的雨露。

到底是由大地来感谢一粒种子呢？还是种子应该感谢大地呢？

都应该。感谢会使大地更温柔地感到种子的每一下脉动，感谢也会使种子更切肤地接触到大地的体温。“谢谢”使人在漠漠的天地间忽然感到一种“知遇之恩”。“谢谢”使我们忘却怨尤，豁然开朗。

让我们从心底说一声：“谢谢！”——对我们曾身受其惠的人，对我们曾身受其惠的天。

人体中的繁星和穹苍

一个人是怎样变成自然科学家的？我认为是由于惊奇。

另一个人是怎样变成诗人的？我认为，也是由于惊奇。

至于那些成为音乐家，成为画家，乃至成为探险家的，都源于对万事万物的一点欣喜错愕，因而有不能自已地想去亲炙探究的冲动。

如果一定要说有什么差别的话，那就是科学家总是惊奇之余想去揣一揣真相。文学艺术家却在惊奇之际只顾赞美叹气手舞足蹈起来——但是，其实，没有人禁止科学家一面研究一面赞叹，也没有人限制文学艺术家一面赞叹一面研究。

万物本身的可惊可奇是可爱的，而我，在生活的层层磨难之余仍能感知万物的可惊可奇，也是可喜的——能将种种可惊可奇与别人分享更是可喜的。让我们一起来赞叹也一起来探究吧！

生命最初的故事

夜空里，繁星如一春花事，腾腾烈烈，开到盛时，让人担心它简直自己都不知该如何去了结。

繁星能数吗？它们的生死簿能一一核查清楚吗？

且不去说繁星和夜空，如果我们虔诚地反身自视，便会发现另一度宇宙，数以亿计的小光点潮流而上，奋力在深沉黑阒的穹苍中泅泳。然后，众星寂灭，剩下那唯一的，唯一着陆的光体。

——我其实是在说精子和卵子的结合过程，那是生命最初的故事，是一切音乐的序曲部分，是美酒未饮前的潋滟和期待，是饱墨的画笔要横走纵跃前的蓄势。

精子的探险之旅

如果说，人体本身的种种奇奥是一系列神话，则精子的探险旅行应视作神话的第一章。故事总是这样开始的：

有一次（Once upon a time），有一只小小的精子出发了，它的旅途并不孤单，和它结伴同行的探险家合起来有两三毫升（也有到五六毫升的），不要看不起这几毫升，每一毫升里的精子编制平均是两千万到六千万只（想想整个台湾还不到两千万人口呢！），几毫升合起来便有上亿的数目了！

这是一场机密的行军，所有的精子都安静如赴命的战士，只顾奋力泅泳，它们虽属于同一部队（它们的军种，略似海军陆战队吧！），行军途中却没有指挥官，奇怪的是它们每一个都很清楚自己的任务——它们知道此行要抢先攀登一块叫“卵子”的陆地，而且，这是一场不能回头的旅途。除了第一个着陆的英雄，其他精子唯一的命运就是死掉。“抱着万一成功的希望”，这句话对它们来说是太奢侈了，因为它们是“抱着亿一成功的希望”而全力以赴的。

考场、球场都有正常的竞争和淘汰，但竞争淘汰的比率到达如此冷酷无情的程度，除了“精子之旅”以外，也很难在其他现象里找到了。

行行重行行，有些伙伴显然落后了，那超前的彼此互望一眼，才发现大家在大同中原来还是有小异的，其中有一批是X兵种，另一批是Y兵种。Y的体型比较灵便，性格也比较急躁，看来颇有奏凯的希望，但X稳重踏实，一种跑马拉松的战略，是个不可轻敌的角色。这一番“抢渡”整个途程不过二十五厘米左右，相对小小的精子而言，却也等于玄奘取经横绝大漠的步步险阻了。这单纯的朝香客便不眠不休不食不饮一路行去。

优胜劣败的筛选

世间女子，一生排卵的数目约五百，一个现代女人大概只容其中的一两个成孕，而每一枚成孕的卵子是在亿对一的优势选择后才大功告成的。这种豪华浪费的大手笔真令人吃惊——可是，经过这场剧烈的优胜劣败的筛选，人种才有今天这么优秀、这么稳定。虽说“上天有好生之德”，但在整个人种绵延的过程中却只见铁面无私的霹雳手段呢！

虽然，整个旅程比一只手掌长不了多少，但选手却需要跑上两三个小时或五六个小时，算起来也是累得死人的长跑了。因此，如果情况不理想，全军覆没的情形也不免发生。另外一种情况也很常见，那就是选手平安到达，但对方迟到了，于是精子必须等待，事实上精子从出发到守候往往要支持十几个小时。

好了，终于最勇壮的一位到达终点了，通常在终点线附近会剩下大约一百名选手。最后的冲刺当然是急为紧张的，但这胜利者得到什么呢，有鲜花金牌在等它吗？有镁光灯等着为它作证吗？没有，这幸运而疲倦的英雄没有时间接受欢呼，它必须立刻部署打第二场战，它要把自己的头帽自动打开，放出 一些分解酵素，而这酵素可以化开卵子的一角护膜，那卵子，曾于不久前自卵巢出发，并在此中途相待，等待来自另一世界的英雄，等待膜的化解，等待对方的舍身投入。

生命完成的感恩

这一刹那，应该是大地倾身、诸天动容的一刹那。

有没有人因精卵的神迹而肃然自重呢？原来一身之内亦如万古乾坤，原来一次射精亦如星辰纳于天轨，运行不息。故事里的孙悟空，曾顽皮地把自己变作一座庙宇，事实上，世间果有神灵，神灵果愿容身于一座神圣的殿堂，则那座殿堂如果不坐落于你我的此身此体，还会是哪里呢？

附：这样说吧，如果你行过街头，有人请你抽奖，如果你伸手入柜，如果柜中上亿票券只有一张是可以得奖，而你竟抽中了，你会怎样兴奋？何况奖额不是一百万一千万，而是整整一部“生命”！你曾为自己这样成胎的际遇而有过一丝一毫的感恩吗？

高处何所有

这世上没有什么不是一生一世的，

要做英雄、要做学者、要做诗人、要做情人，

所要付出的代价不多不少，

只是一生一世，只是生死以之。

高处何所有

很久很久以前，在一个很远很远的地方，一位老酋长正病危。

他找来村中最优秀的三个年轻人，对他们说：这是我要离开你们的时候了，我要你们为我做最后一件事。你们三个都是身强体壮又智慧过人的好孩子，现在，请你们去攀登那座我们一向奉为神圣的大山。你们要尽其可能爬到最高、最凌越的地方，然后，折回来告诉我你们的见闻。

三天后，第一个年轻人回来了，他笑生双靥，衣履光鲜：酋长，我到达山顶了，我看繁花夹道，流泉淙淙，鸟鸣嘤嘤，那地方真不坏啊！

老酋长笑笑说：

孩子，那条路我当年也走过，你说的鸟语花香的地方不是山顶，而是山麓。你回去吧！

一周后，第二个年轻人回来了，他神情疲倦，满脸风霜：

酋长，我到达山顶了。我看到高大肃穆的松树林，我看到秃鹰盘旋，那是个好地方。可惜啊！孩子，那不是山顶，那是山腰。不过也难为你了，你回去吧!

一个月过去了，大家都开始为第三位年轻人的安危担心，他却一步一蹭，衣不蔽体地回来了。他发枯唇燥，只剩下清炯的眼神：

酋长，我终于到达山顶。但是，我该怎么说呢？那里只有高风悲旋，蓝天四垂。你难道在那里一无所见吗？难道连蝴蝶也没有一只吗?

是的，酋长，高处一无所有。你所能看到的，只有你自己，只有个人被放在天地间的渺小感，只有想起千古英雄的悲激心情。

孩子，你到的是真的山顶。按照我们的传统，天意要立你做新酋长，祝福你。

真英雄何所遇？他遇到的是全身的伤痕，是孤单的长途，以及愈来愈真切的渺小感。

我有一个梦

楔　子

四月的植物园，一头走进去，但见群树汹涌而来，各绿其绿，我站在旧的图书馆前，心情有些迟疑。新荷已“破水而出”，这些童年期的小荷令人忽然懂得什么叫疼怜珍惜。

我迟疑，只因为我要去找刘白如先生谈自己的痴梦，有求于人，令我自觉差惭不安。可是，现在是春天，一切的好事都应该可以有权利发生。

似乎是仗了好风好日的胆子，我于是走了进去，找到刘先生，把我的不平和愿望一五一十地说了。我说，我希望有人来盖一间中文教室——在这自认是中国的土地上——盖一间合乎美育原则的，像中国旧式书斋的教室。

我把话说得简单明了，所以只消几句就全说完了。

“构想很好，”刘先生说，“我来给你联络台中明道中学的汪校长。”

“明道是私立中学，”我有点担心，“这教室费财费力，明道未必承担得下来，我看还是去找‘教育部’或‘教育厅’来出面比较好。”

“这你就不懂了，还是私立学校单纯——汪校长自己就做得了主。如果案子交给公家，不知道要左开会右开会，开到什么时候。”

我同意了，当下又聊了些别的事，我即开车回家，从植物园到我家，大约十分钟车程。

走进家门，尚未坐下，电话铃已响，是汪校长打来的，刘先生已把我的想法都告诉他了。

“张教授，我们原则上就决定做了，过两天，我上台北，我们商量一下细节。”

我被这个电话吓了一跳，世上之人，有谁幸运似我，就算是暴君，也不能强迫别人十分钟以后立刻决定承担这么大一件事。

我心里胀满谢意。

两年以后，房子盖好了，题名为“国学讲坛”。

一开始，刘先生曾命我把口头的愿望写成具体的文字，可以方便宣传，我谨慎从命，于是写了这篇《我有一个梦》。

我有一个梦，我不太敢轻易地把这梦说给别人听，怕遭人耻笑——毕竟，在这个世界上敢于去梦想的人并不多。

让我把故事从许多年前说起：南台湾的小城，一个女中的校园。

六月，成串的黄花沉甸甸地垂自阿勃拉花树。风过处，花雨成阵，松鼠在老树上飞奔如急箭，音乐教室里传来三角大钢琴的琤琮流泉……

啊！我要说的正是那间音乐教室！我不是一个敏于音律的人，平生也不会唱几首歌，但我仍深爱音乐。这，应该说和那间音乐教室有关吧！

我仿佛记得那间教室：大幅的明亮的窗，古旧却完好的地板，好像是日据时期留下的大钢琴，黄昏时略显昏暗的幽微光线……我们在那里唱“苏连多岸美丽海洋”，我们在那里唱“阳关三叠”。

所谓学习音乐，应该不只是一本音乐课本、一个音乐老师。它岂不是也包括那阵雨初霁的午后，那熏人欲醉的南风，那树梢悄悄的风声，那典雅的光可鉴人的大钢琴，那开向群树的格子窗……

近年来，我有机会参观一些耗资数百万或上千万的自然科学实验室。明亮的灯光下，不锈钢的颜色闪烁着冷然且绝对的知性光芒。令人想起伽利略，想起牛顿，想起历史回廊上那些伟大耸动的名字。实验室已取代古人的孔庙，成为现代人知识的殿堂，人行至此都要低声下气，都要“文武百官，至此下马”。

人文方面的教学也有这样伟大的空间吗？有的。英文教室里，每人一副耳机，清楚的录音带会要你把每一节发音都校正清楚，电视画面上更有生动活泼的镜头，诱导你可以做个“字正腔圆”的“英语人”。

每逢这个时候，我就暗自叹息，在我们这号称为中国的土地上，有没有哪一个教育行政人员，肯把为物理教室、化学教室或英语教室所花的钱匀出一部分用在中国语文教室里的？换句话说，我们可以来盖一间国学讲坛吗？

当然，你会问：“什么叫国学讲坛？中文哪需要什么讲坛？国学讲坛难道需要望远镜或显微镜吗？中文需要光谱仪吗？中文教学不就只是一位戴老花眼镜的老先生凭一把沙喉老嗓就可以廉价解决的事吗？”

是的，我承认，曾经有位母亲，蹲在地上，凭一根树枝、一堆沙子，就这样，她教出了一位欧阳修来。只要有一个公尺见方的地方，只要有一位热诚的教师和学生，就能完成一场成功的教学。

但是，现在是九十年代了，我们在一夕之间已成暴富，手上捧着钱茫茫然不知该做什么……为什么在这种时候，我们仍然要坚持阳春式的国文教学呢？

我有一个梦。

我梦想在这号称为中国的土地上，除了能为英文为生物为化学为太空科学设置实验室之外，也有人肯为中文设置一间讲坛。

我梦想有一位中文教师在教授“好鸟枝头亦朋友，落花水面皆文章”的时候，窗外有粉色羊蹄甲正落入春水的波面，苦谏树上也刚好传来鸟鸣，周围的环境恰如一篇舞台布景板，处处笺注着白纸黑字的诗。

晚明吴从先有一段文字读之目醉神驰，他说：“斋欲深，槛欲曲，树欲疏，萝薛欲青垂；几席、阑干、窗窦，欲净滑如秋水；榻上欲有云烟气；墨池、笔床，欲时泛花香。读书得此护持，万卷尽生欢喜。琅环仙洞，不足羡矣。”

吴从先又谓：“读史宜映雪，以莹玄鉴。读子宜伴月，以寄远神。……读《山海经》《水经》、丛书小史，宜疏花瘦竹，冷石寒苔，以收无垠之游，而约缥缈之论。读忠列传，宜吹笙鼓瑟以扬芳。读奸佞传，宜击剑捉酒以销愤。读‘骚’宜空山悲号，可以惊壑。读赋宜纵水狂呼，可以旋风……”

——啊，不，这种梦太奢侈了！要一间平房，要房外的亭台楼阁花草树木，要春风穿户，夏雨叩窗的野趣，还要空山幽壑，笙瑟溢耳。这种事，说出来——谁肯原谅你呢？

那么，退而求其次吧！只要一间书斋式的国学讲坛吧！要一间安静雅洁的书斋，有中国式的门和窗，有木质感觉良好的桌椅，你可以坐在其间，你可以第一次觉得做一个中国人也是不错的事，也有其不错的感觉。

那些线装书——就是七十多年前差点遭一批激进分子丢到茅厕坑里的那批——现在拿几本来放在桌上吧！让年轻人看看宋刻本的书有多么典雅娟秀，字字耐读。

教师的前方，不妨有“杏坛”两字，如果制成匾，则悬挂高墙，如果制成碑，则立在地上。根据《金石索》的记录，在山东曲阜的圣庙前，有金代党怀英所书“杏坛”两字，碑高六尺（指汉制的六尺），宽三尺，字大一尺八斗。我没有去过曲阜，不知那碑如今尚在否？如果断碑尚存，则不妨拓回来重制，如果连断碑也不在了，则仍可根据金石索上的图样重刻回来。

唐人钱起的诗谓：“更怜童子宜春服，花里寻师到杏坛。”百年来我们的先辈或肝脑涂地或胼手胝足，或躲在防空洞里读其破本残卷，或就着油灯饿着肚子皓首穷经——但这一切是为了什么？岂不是为了让我们的下一代活得幸福光彩，让他们可以穿过美丽的花径，走到杏坛前去接受教化，去享受一个中国少年的对中国文化理所当然的继承权。

教室里，沿着墙，有一排矮柜，柜子上，不妨放些下课时可以把玩的东西。一幅竹子搁臂，凉凉的，上面刻着诗。一个仿制的古翁，上面刻着元曲，让人惊讶古代平民喝酒之际也不忘诗趣。一把仿同治时代的茶壶，肚子上面刻着一圈二十个字：“落雪飞芳树，幽红雨淡霞，薄月迷香雾，流风舞艳花。”学生正玩着的时候，你可以告诉孩子们这是一首回文诗，全世界只有中国的语言可以做的回文诗。而所谓的回文诗，你可以从任何一个字念起，意思都通，而且都押韵。当然，如果教师有点语言学的知识，他可以告诉孩子汉语都是孤立语（Isolating Language），跟英文所属的屈折语（Inflectional Language）不同。至于仿长沙马王堆的双耳漆器酒杯，由于是沙胎，摇起来里面还会响呢！这比电动玩具可好玩多了吧？酒杯上还有篆文，“君幸酒”三个字，可堪细细看去。如果找到好手，也可以用牛肩胛骨做一块仿古甲骨文，所谓学问，有时固然自苦读中来，有时也不妨从玩耍中得来。

墙上也有一大片可利用的地方，拓一方汉墓石，如何？跟台北画价动辄十万相比，这些古物实在太便宜了，那些画像砖之浑朴大方，令人悠然神往。

如果今天该讲岳飞的《满江红》，何不托人到杭州岳王坟上拓一张岳飞真迹来呢？今天要介绍"月落乌啼霜满天"吗？寒山寺里还有俞樾那块诗碑啊！如果把康南海的那一幅比照来看，就更有意思，一则"古钟沦日史"的故事已呼之欲出。杜甫成都浣花溪的千古风情，或诸葛侯祠的高风亮节，都可以在一幅幅挂轴上留下来。

你喜欢有一把古琴或古筝吗？有，也可以，没有，也可以。这种事不妨即兴。

你喜欢有一点檀香加茶香吗？有，也可以，没有，也可以，这种事只消随缘。

如果学生兴致好，他们可以在素净的钵子里养一盆素心兰，这样，他们会了解什么叫中国式的芬芳。

教室里不妨有点音响设备，让听惯麦当娜的耳朵，听一听什么叫笛，什么叫箫，什么叫"把乌"，什么叫觱篥……

你听过"鱼洗"吗？一只铜盆，里面镌刻着细致的鱼纹，你在盆里注上大半盆水，然后用手微微打湿，放在铜盆的双耳上摩擦，水就像细致如丝的喷柱，激射而出——啊，世界上竟有这么优雅的玩具。

当然，如果你要用物理上的“共振”来解释它，也很好。如果你不解释，仅只让下了课孩子去“好奇”一下，也就算够本。

如果有好端砚，就放一方在那里。你当然不必迷信这样做就能变化气质。但砚台也是可以玩可以摸的，总比玩超人好吧？那细致的石头肌理具有大地的性格，那微凹的地方是时间自己的雕痕。

你要让年少的孩子去吃麦当劳，好吧，由你。你要让他们吃肯德基，好，请便。但，能不能，在他年少的时候，在小学，在中学，或者在大学，让他有机会坐在一间中国式的房子里。让他眼睛看到的是中国式的家具和摆设，让他手摸到的是中国式的器皿，让他——我这样祈祷应该不算过分吧——让他忽然对自己说：“啊，我是一个中国人！”

音乐有教室，因为它需要一个地方放钢琴。理化有教室，因为它需要一个空间放仪器。“国父思想”和“军训”各有教室，体育则花钱更多。那么，容不容许辟一间国学讲坛呢？这样的梦算不算狂妄呢？如果我说，教中文也需要一间讲坛——那是因为我有一整个中国想放在里面啊！

我有一个梦！这是一个不忍告诉别人，又不忍不告诉别人的梦啊！

你要做什么

一

咖啡初沸，她把自烘的蛋糕和着热腾腾的香气一起端出来，切成一片片，放在每个人的盘子里。

“说说看，”她轻声细气，与她一向女豪杰的气势大不一样，“如果可以选择，你想要做什么？”

（可恶！可恶！这种问题其实是问不得的，一问就等于要人掀底，好好的一个下午，好好的咖啡和蛋糕，好好伫立在长窗外的淡水河和观音山，怎么偏来问这种古怪问题！）

她掉头看我，仿佛听到我心里的抱怨。

（好几个月以后，看到她日渐隆起的圆肚子，我原谅她了，怀抱一团生命的女人，总难免对设计命运有点兴趣。）

“我——一定得做人吗？”我嗫嚅起来。

“咦？”她惊奇地搅着咖啡，“好吧！不做人也行！那你要做什么？做小鸟吗？”

“老实说，”我赖皮，“‘选择’这件事太可怕，‘绝对自由’这件事我是经不起的，譬如说，光是性别，我就不会选——只这一件事就可以把我累死。”

我说完，便低下头去假装极专心地吃起蛋糕来。

然而，我是有点知道我要做什么的……

二

行经日本的寺庙，每每总会看到一棵小树，远看不真切，竟以为小树开满了白花。走近看，才知道是素色纸签，被人打了个结系在树枝上。

有人来向我解释，说，因为抽到的签不够好，所以不想带回家去，姑且留在树上吧！

于是，每经一庙，我总专程停下来，凝神看那矮小披离的奇树，高寒地带的松杉以冰雪敷其绿颜，温带的花树云蒸霞蔚一副迷死人不偿命的意味，热带的果树垂实累累，圣诞树下则有祝福与礼物万千——然而世上竟有这样一株树，独独为别人承受他自己不欲承受的命运。

空廊上传来捶鼓的声音和击掌的声音，黄昏掩至，虔诚礼拜的人果然求得他所祈望的福禄吗？这世上抽得到上上签的能有几人呢？而我，如果容我选择，我不要做“有求”的凡胎，我不要做“必应”的神明，钟鸣鼓应不必是我，缭绕花香不需是我，我只愿自己是那株小树，站在局外，容许别人在我的肩上卸下一颗悲伤和慌惴的心，容许他们把不祥的预言，打一个结，系在我的腕上，由我承当。

三

“遥怜故园菊，应傍战场开”，岑参诗中对化为火场灾域的长安城有着空茫而刺痛的低喟。但痛到极致，所思忆的竟不是人，不是瓦舍，甚至不是宫廷，而是年年秋日开得黄灿灿的一片野菊花。

我愿我是田塍或篱畔的野菊，在两军决垒时，我不是大将，不是兵卒，不是矛戈，不是弓箭，不是鲜明的军容，更不是强硬动听的作战理由——我是那不胜不负的菊花，张望着满目的创痕和血迹，倾耳听人的呻吟和马的悲嘶，企图在被朔风所伤、被泪潮所伤、被令人思乡的明月所伤的眼睛里成为极温柔极明亮的一照面。在人世的惨凄里，让我是生者的开拔号，死者的定音鼓。

四

“黄帝之史仓颉见鸟兽蹄远之迹……初造书契”，我愿我是一枚梅花鹿或野山羊的蹄痕，清清楚楚地拓印在古代春天的原隰上，如同条理分明的版画，被偶然经过的仓颉看到。

那时是暮春吗？也许是初夏，林间众生的求偶期，小小的泥径间飞鸟经过，野兔经过，花豹经过，蛇经过，忙碌的季节啊，空气里充满以声相求和以气相引的热闹，而我不曾参与那场奔逐，我是众生离去后留在大地上的痕迹。

而仓颉走来，傻傻的仓颉，喜欲东张西望的仓颉，眼光闪烁仿佛随时要来一场恶作剧的仓颉，他其实只是一个爱捣蛋的大男孩，但因本性憨厚，所以那番捣蛋的欲望总是被人一眼看破。

他急急走来，是为了贪看那只跳脱的野兔，还是为了迷上画眉的短歌？但它们早就逃远了，他只看到我，一枚一枚的鸟兽行后的足印。年轻的仓颉啊，他的两颊因疾走而红，他的高额正流下汗珠，他发现我了，那些直的、斜的、长的和短的线条以及那些点、那些圆。还有，他开始看到线与线之间的角度，点与点之际的距离。他的脸越发红起来，汗越发奔激，他懂了，他懂了，他忘了刚才一路追着的鹤踪兽迹。他大声狂呼，扑倒在地，他知道这简单的满地泥痕中有寻不尽的交错重叠和反复，可以组成这世上最美丽的文字，而当他再一次睁开不敢完全置信的眼睛，他惊喜地看到那些鹿的、马的、飞鸟的、猿猴的以及爬虫类的痕迹——而且，还更多，他看到刚才自己因激动而爬行的手痕与足印。

我愿我是那年春泥上生活过的众生的记录，我是圆、我是方、我是点、我是线、我是横、我是直、我是交叉、我是平行、我是蹄痕、我是爪痕、我是鳞痕、我是深、我是浅、我是凝聚、我是散。我是即使被一场春雨洗刷掉也平静不觉伤悲、被仓颉领悟模仿也不觉可喜的一枚留痕。

可爱的仓颉，他从痕迹学会了痕迹，他创造的字一代一代传下来，而所有的文字如今仍然是一行行痕迹，用以说明人世的种种情节。

我不做仓颉，我做那远古时代春天原野上使仓颉为之血脉贲张的一枚留痕。

五

日本有一则凄艳的鬼故事，叫《吉备津之釜》（取材自《牡丹灯》），据说有个薄幸的男子叫正太郎，气死了他的发妻，那妻子变成厉鬼来索命。有位法师可怜他，为他画了符，贴在门上，要他七七四十九天不要出来，自然消灾，厉鬼在门外夜夜詈骂不绝，却不敢进来。及至四十八天已过，那男子因为久困小屋，委顿不堪，深夜隔户一望，只见满庭乍明，万物澄莹，他奋然跳出门去，却一把被厉鬼揪住，不是已满了四十九天吗？他临死还不平地愤愤，但他立刻懂了，原来黎明尚未到来，使他误以为天亮而大喜的，其实只是清清如水的月光！

读这样的故事，我总无法像道学家所预期的把“好人”“坏人”分出来，佛经上爱写“善男子”“善女人”，生活里却老是碰到“可笑的男子”和“可悲的女人”。连那个法师也是个可悯可叹的角色吧？人间注定的灾厄劫难岂是他一道悲慈的符咒所化解得了的？如此人世，如此爱罗恨网，吾谁与归？我既不要做那薄幸的男子，更无意做那衔恨复仇的女子，我不必做那徒劳的法师，那么我是谁呢？其实这件事对我而言，一点也不困难，在读故事的当时，我毅然迷上那片月光，清冷绝情，不涉一丝是非，倘诗人因而堕泪，胡笳因而动悲，美人因而失防，厉鬼因而逞凶，全都不关我事。我仍是中天的月色，千年万世，做一名天上的忠悬的出纳员，负责把太阳交来的光芒转到大地的账上，我不即不离，我无盈无缺，我不喜不悲，我只是一丸冷静的岩石，遥望着多事多情多欲多悔的人世。

世上写月光的诗很多，我却独钟十三世纪时日本明惠上人（1173—1232）所写的一首和歌。那诗简直不是诗，像孩童或白痴的一声半通不通的惊叹，如果直译起来，竟是这样的：

明亮明亮啊

明亮明亮明亮啊

明亮明亮啊

明亮啊明亮明亮

明亮明亮啊——月亮

别人写月光是因为说得巧妙善譬而感人，明惠的好处却在笨，笨到不会说了，只好愣愣地叫起来，而且赖皮，仿佛在说："不管啦，不管啦，说不清啦，反正很亮就对啦！你自己来看就知道。"

如果我真可选择，容许我是月，光澈绝艳使人误为白昼的月，明坦浩荡，使明惠为之痴愚而失去诗人能力的月。

六

小时候，听人说“烧窑的用破碗”，蒙蒙然不知道是什么意思。

渐渐长大才知道世事竟真是如此，用破碗的，还不只是窑户哩！完美的瓷，我是看过的，宋瓷的雅拙安详，明瓷的华丽斗艳都是古今不再一见的绝色了，然而导游小姐常冷静地转过头来，说：

“这样一件精品，一窑里也难得出一个啊，其他效果不好的就都打烂了！”

大概因为是官窑吧？所以惯于在美的要求上大胆越分，才敢如此狂妄地要求十全十美，才敢于和造化争功而不忌讳天谴。宫里的瓷器原来也是如此“一将功成万骨枯”啊！我每对着冷冷的玻璃，看那百分之百的无憾无瑕，不免微微惊怖起来，每一件精品背后，都隐隐堆着小冢一般的尖锐而悲伤的碎片啊！

而民间的陶瓷不是如此的，民间的容器不是案头清供，它总有一定的用途。一只花色不匀称的碗，一把烧出了小疙瘩的酒壶都仍然有其生存权，只因为能用。凡能用的就可以卖，凡能卖的就可以运到市场上去。每次窑门打开，一时间七手八脚，窑便忽然搬空了。窑大约是世上最懂得炎凉滋味的一位了，从极热闹极火炽到极寂寞极空无——成器的成器，成形的成形，剩下来的是陶匠和空窑，相对峙立，仿佛散戏后的戏子和舞台，彼此都疑幻疑真起来。

设想此时正在套车准备离去的陶瓷贩子忽然眼尖，叫了一声：

“哎！老王呀，这只碗歪得厉害呀，你自己留下吧！拿去卖可怎么卖呀，除非找个歪嘴的买主！”

那叫老王的陶匠接过碗来，果真是个歪碗哩！是拉坏的时候心里惦着老母的病而分了神吗？还是进窑的时候小幺儿在一边吵着要上学而失手碰撞了呢？反正是只无可挽回的坏碗了，没有买主的，留下来自己用吧！不用怎么办？难不成打破吗？好碗自有好碗的造化，只是歪碗也得有人用啊！

捏着一只歪碗的陶匠，面对着空空的冷窑，终于有了一点落实的证据——具体而微温，仿佛昨日的烈焰仍未褪尽。

在满窑成功完好的件头中，我是谁？我只愿意是那只瑕疵显然的歪碗啊！只因残陋，所以甘心守着故窑和故主，让每一个标价找到每一个买主，让每一种功能满足每一种市场，而我是眷眷然留下来的那一只，因为不值得标价而成为无价。

成年后读梅尧臣写瓦匠的诗：

陶尽门前土，

屋上无片瓦；

十指不沾泥，

鳞鳞居大厦。

张俞写蚕妇的诗也类似：

昨日到城郭，

归来泪满巾；

遍身罗绮者，

不是养蚕人。

原来世事多半如此吗？一国之中，最优秀的人才注定只供外销吧？守着年老父母的每每是那个憨愚老实的儿子。如果这是一个瓦匠买不起瓦的世界，英雄豪杰或能鼎革造势，而我不能，我只愿是低低的茅檐，为那老瓦匠遮蔽一冬风雪。如果蚕妇无法拥有罗绮，我且去做一袭黯淡发白的老布衣，贴近她愤愤不平的心胸。至于那把一窑的碗盘都卖掉的陶匠，我便是他朝夕不舍的歪碗，或啜水，或饮粥，或注酒，或服药，我是他造次颠沛中的相依。他或者知道，或者并不知道，或者感激，或者因物我归一也并不甚感激，我却因而庄严端贵，如同唐三藏大漠行脚时御赐的紫金盂。

七

很少有故事像《甘泽谣》中的“三生石上”那样美丽：

是春日的清晨吧？一妇人到荆江上峡汲水，她身着一件美丽的织锦裙，在一注流动的碧琉璃前面驻足。阳光烁金，她也为自己动人的倒影而微怔了，是因骀荡的春风吗？是因和暖的春泥吗？她一路行来几若古代的姜嫄，竟有着一脚踏下去便五内皆有感应的成孕感觉。她想着，为自己的荒唐念头而不安，当即一旋身微蹲下去，丰圆的瓦瓮打散满眼琉璃，一霎间，华丽的裙子膨然胀起，使她像足月待产的妇人，陶瓮汲满了，她端然站直，裙子重又服帖地垂下，她回身急行的风姿华艳流铄，有如壁画上的飞天。

而那一切，看在一位叫圆观的老僧眼里，一生修持的他忽然心崩血啸，如中烈酒，但他的狂激却又与平静宁穆并起，仿佛他心中一时决堤，涌进了一大片海，那海有十尺巨浪，却也有千寻渊沉。他知道自己爱上这女子了，不，也许不是爱那不知名不知姓的女子，只是爱这样的人世，这样的春天，春天里这样的荆江上峡，江畔这样的殷勤如取经的汲水，以及负瓮者那一旋身时艳彩四射的裙子。

“看到那汲水的妇人吗？”老僧转身向他年轻的友人说，“我要死了，她是我来世的母亲。”

圆观当夜就圆寂了，据说十二年后，他的友人在杭州天竺寺外看到一个唱着《竹枝词》的牧童，像圆观……

世间男子爱女子爱到极致便是愿意粉身立断的吧？是渴望舍身相就如白云之归岫、如稻粒之投春泥的吧？老僧修持一世，如果允许他有愿，他也只想简简单单再投生为人，在一女子温暖的子宫中做一团小小的肉胎。是这样的春天使他想起母亲吗？世上的众神龛中最华美神圣的岂不就是容那一名小儿踞坐的子宫吗？

而我是谁呢？我不是那负瓮汲水的女子，我不是那修持一世的老僧，我只是那系在妇人腰上的长裙，与花香同气息，与水纹同旋律，与众生同繁复的一条织锦裙，我行过风行过大地，看过真情的泪急，见证前生后世的因缘——而我默无一言，我和那女子因一起待孕和待产而鲜艳美丽，我也在她携着幼儿的手教他举步时逐渐黯然却甘心地败旧了。我是目击者，我是不忘者，我恒愿自己是那串珠的线，而不是那明珠。

八

“你们想好了没有？”美丽的女主人把咖啡一饮而尽，“我想好了，如果要我选择，我要做一个会唱歌的人。”

而我笑笑，走开，假装去看窗外仰天的观音山，以及被含衔着的落日。我不能告诉她，她的性格里有种穷追不舍的蛮横。如果我告诉她，她一定会叫起来，追根究底地问道：

“为什么？为什么？为什么你不肯是人？为什么你在回避？人生的掷骰大赌场里你不下注吗？你既不做庄家，又不肯做赌双数或者赌单数的赌徒，你真的如此超然吗？”

因为知道她要这样问我，所以干脆不说，让她无从问起。但逃不掉的，我自己终于这样问起自己来。然后，我发现我对自己耐心地解释起来。

记得不久以前在香港教书，有一天去买了一幅手染的床罩，是大陆民间的趣味。我把它罩在床上，一个人发呆发痴地看个不停。到了晚上该睡觉了，我竟不睡，只在沙发上靠靠，在桌边打个盹儿，也就混过去了，只因舍不得掀开床罩啊，那么漂亮那么迷死人的东西啊！这样弄了一个礼拜，忽然读到朋友蒋勋的文章，提到民间杨柳青的年画，年年都要换新的，他的结论竟说连美也是不可沉陷不可耽溺的。我看了大为佩服，见面的时候我说："真佩服你啊！能不耽美，我就做不到！"他笑起来："老实说，我也做不到，你当我那些话是说给谁听的？就是说给自己听的！"

我又猛然想起有一次看博格曼的电影，其中一位小丑有难，有人好心引述良言劝慰他，他哭笑不得，反讥了一句：

"朋友，你真幸福——因为你说的话，你自己都相信。"

原来，所有的话，都是说给自己听的——说给或相信或不相信的自己听的——希望至少能让自己相信自己所说的话。我之所以想做树，想做菊，想做一枚蹄痕，想做月，想做一只残陋的碗，甚至是一条漠然不相干的裙子，不是因我生性超然，相反的是因为我这半生始终是江心一船，崖边一马，"船到江心马到崖"，许多事已不容回头，因而热泪常在目，意气恒在胸，血每沸扬，骨每呜呜然作中宵剑鸣。这样的人，如果允许我有愿，我且劝服我自己是江上清风，是石上苔痕，我正试着向自己做说客，要把自己说服啊！至于我听不听自己的劝告，我也不知道啊！

你不能要求简单的答案

年轻人啊，你问我说：

“你是怎样学会写作的？”

我说：

“你的问题不对，我还没有‘学会’写作，我仍然在‘学’写作。”

你让步了，说：

“好吧，请告诉我，你是怎么学写作的？”

这一次，你的问题没有错误，我的答案却仍然迟迟不知如何出手，并非我自秘不宣——但是，请想一想，如果你去问一位老兵：

“请告诉我，你是如何学打仗的？”

——请相信我，你所能获致的答案绝对和“驾车十要”或“电脑入门”不同。有些事无法作简单的回答，一个老兵之所以成为老兵，故事很可能要从他十三岁那年和弟弟一齐用门板扛着被日本人炸死的爹娘去埋葬开始，那里有其一生的悲愤郁结，有整个中国近代史的沉痛、伟大和荒谬。不，你不能要求简单的答案，你不能要一个老兵用明白扼要的字眼在你的问卷上做填充题，他不回答则已，如果回答，就必须连着他的一生的故事。你必须同时知道他全身的伤疤，知道他的胃溃疡，知道他五十年来朝朝暮暮的豪情与酸楚……

年轻人啊，你真要问我跟写作有关的事吗？我要说的也是：除非，我不回答你，要回答，其实也不免要夹上一生啊（虽然一生并未过完）！一生的受苦和欢悦，一生的痴意和决绝忍情，一生的有所得和有所舍。写作这件事无从简单回答，你等于要求我向你述说一生。

两岁半，年轻的五姨教我唱歌，唱着唱着，就哭了，那歌词是这样的：

“小白菜呀，地里黄呀，三岁两岁，没有娘呀……生个弟弟，比我强呀，弟弟吃面，我喝汤呀……”

我平日少哭，一哭不免惊动妈妈，五姨也慌了，两人追问之下，我哽咽地说出原因：

“好可怜啊，那小白菜，晚娘只给他喝汤，喝汤怎么能喝饱呢？”

这事后来成为家族笑话，常常被母亲拿来复述，我当日大概因为小，对孤儿处境不甚了然，同情的重点全在“弟弟吃面他喝汤”的层面上，但就这一点，后来我细想之下，才发现已是“写作人”的根本。人人岂能皆成孤儿而后写孤儿？听孤儿的故事，便放声而哭的孩子，也许是比较可以执笔的吧。所谓“常抱心头一点春，须知世上苦人多”的心情，恐怕是比学问、见解更为重要的，人之所以为人的本源。当然它同时也是写作的本源。

七岁，到了柳州，便在那里读小学三年级。读了些什么，一概忘了，只记得那是一座多山多水的城，好吃的柚子堆在桥的两侧卖。桥在河上，河在美丽的土地上。整个逃离的途程竟像一场旅行。听爸爸一面算计一面说：“你已经走了大半个中国啦，从前的人，一生一世也走不了这许多路的。”小小年纪当时心中也不免陡生豪情侠意。火车在山间蜿蜒，血红的山踯躅开得满眼，小站上有人用小沙甑焖了香肠饭在卖，好吃得令人一世难忘。整个中国的大苦难我并不了然，知道的只是火车穿花而行，轮船破碧疾走，一路懵懵懂懂南行到广州，仿佛也只为到水畔去看珠江大桥，到中山公园去看大象和成天降下祥云千朵的木棉树……

那一番大播迁有多少生离死别，我却因幼小只见山河的壮阔，千里万里的异风异俗，某一夜的山月，某一春的桃林，某一女孩的歌声，某一城垛的黄昏，大人在忧思中不及一见的景致，我却一一铭记在心，乃至一饭一蔬一果，竟也多半不忘。古老民间传说中的天机，每每为童子见到，大约就是因为大人易为思虑所蔽。我当日因为浑然无知，反而直窥入山水的一片清机。山水至今仍是那一砚浓色的墨汁，常容我的笔有所汲饮。

小学三年级，写日记是一个很痛苦的回忆。用毛笔，握紧了写（因为母亲常绕到我背后偷抽毛笔，如果被抽走了，就算握笔不牢，不合格）。七岁的我，哪有什么可写的情节，只好对着墨盒把自己的日子从早到晚一遍遍地再想过。其实，等我长大，真的执笔为文，才发现所写的散文，基本上也类乎日记。也许不是“日记”而是“生记”，是一生的记录。一般的人，只有幸“活一生”，而创作的人，却能“活二生”。第一度的生活是生活本身；第二度则是运用思想再追回它一遍，强迫它复现一遍。萎谢的花不能再艳，磨成粉的石头不能重坚，写作者却能像呼唤亡魂一般把既往的生命唤回，让它有第二次的演出机缘。人类创造文学，想来，目的也即在此吧？我觉得写作是一种无限丰盈的事业，仿佛别人的卷筒里填塞的是一份冰淇淋，而我的，是双份，是假日里买一送一的双份冰淇淋，丰盈满溢。

也许应该感谢小学老师的，当时为了写日记把日子一寸寸回想再回想的习惯，帮助我有一个内省的深思的人生。而常常偷来抽笔的母亲，也教会我一件事：不握笔则已，要握，就紧紧地握住，对每一个字负责。

八岁以后，日子变得诡异起来，外婆猝死于心脏病。她一向疼我，但我想起她来却只记得她拿一根筷子、一片铜制钱，用棉花自己捻线来用。外婆从小出身富贵之家，却勤俭得像没隔宿之粮的人。其实五岁那年，我已初识死亡，一向带我的佣人在南京因肺炎而死，不知是几“七”，家门口铺上炉灰，等着看他的亡魂回不回来，铺炉灰是为了检查他的脚印。我至今几乎还能记起当时的惧怖，以及午夜时分一声声凄厉的狗号。外婆的死，再一次把死亡的剧痛和荒谬呈现给我，我们折着金箔，把它吹成元宝的样子，火光中我不明白一个人为什么可以如此彻底消失了。葬礼的场面奇异诡秘，“死亡”一直是令我恐惧乱怖的主题——我不知该如何面对它。我想，如果没有意识到死亡，人类不会有文学和艺术。我所说的“死亡”，其实是广义的，如即聚即散的白云，旋开旋灭的浪花，一张年头鲜艳年尾破败的年画，或是一支心爱的自来水笔，终成破蔽。

文学对我而言，一直是那个挽回的“手势”。果真能挽回吗？大概不能吧？但至少那是个依恋的手势，强烈的手势，照中国人的说法，则是个天地鬼神亦不免为之愀然色变的手势。

读五年级的时候，有个陈老师很奇怪地要我们几个同学来组织一个“绿野”文艺社。我说“奇怪”，是因为他不知是有意或无意的，竟然丝毫不拿我们当小孩子看待。他要我们编月刊；要我们在运动会里做记者并印发快报；他要我们写朗诵诗，并且上台表演；他要我们写剧本，而且自导自演。我们在校运会中挂着记者条子跑来跑去的时候，全然忘了自己是个孩子，满以为自己真是个记者了，现在回头去看才觉好笑。我如今也教书，很不容易把学生看作成人，当初陈老师真了不起，他给我们的虽然只是信任而不是赞美，但也够了。我仍记得白底红字的油印刊物印出来之后，我们去一一分派的喜悦。

我间接认识一个名叫安娜的女孩，据说她也爱诗。她要过生日的时候，我打算送她一本《徐志摩诗集》。那一年我初三，零用钱是没有的，钱的来源必须靠“意外”，要买一本十元左右的书因而是件大事。于是我盘算又盘算，决定一物两用。我打算早一个月买来，小心地读，读完了，还可以完好如新地送给她。不料一读之后就舍不得了，而霸占礼物也说不过去，想来想去，只好动手来抄，把喜欢的诗抄下来。这种事，古人常做，复印机发明以后就渐成绝响了。但不可解的是，抄完诗集以后的我整个和抄书以前的我不一样了。把书送掉的时候，我竟然觉得送出去的只是形体，一切的精华早为我所吸取，这以后我欲罢不能地抄起书来，例如：向老师借来的冰心的《寄小读者》，或者其他散文、诗、小说，都小心地抄在活页纸上。感谢贫穷，感谢匮乏，使我懂得珍惜，我至今仍深信最好的文学资源是来自双目也来自腕底。古代僧人每每刺血抄经，刺血也许不必，但一字一句抄写的经验却是不应该被取代的享受。仿佛玩玉的人，光看玉是不够的，还要放在手上抚触，行家叫“盘玉”。中国文字也充满触觉性，必须一个个放在纸上重新描摹——如果可能，加上吟哦会更好，它的听觉和视觉会一时复苏起来，活力弥弥。当此之际，文字如果写的是花，则枝枝叶叶芬芳可攀；如果写的是骏马，则嘶声在耳，鞍辔光鲜，真可一跃而去。我的少年时代没有电视，没有电动玩具，但我反而因此可以看见希腊神话中赛克公主的绝世美貌，黄河冰川上的千古诗魂……

你在信上问我，老是投稿，而又老是遭人退稿，心都灰了，怎么办？

你知道我想怎样回答你吗？如果此刻你站在我面前，如果你真肯接受，我最诚实最直接的回答便是一阵仰天大笑：“啊！哈——哈——哈——哈——哈……”

笑什么呢？其实我可以找到不少“现成话”来塞给你作标准答案，诸如“勿气馁”啦、“不懈志”啦、“再接再厉”啦、“失败为成功之母”啦，可是，那不是我想讲的。我想讲的，其实就只是一阵狂笑！

一阵狂笑是笑什么呢？笑你的问题离奇荒谬。

投稿，就该投中吗？天下哪有如此好事？买奖券的人不敢抱怨自己不中，求婚被拒绝的人也不会到处张扬，开工设厂的人也都事先心里有数，这行业是“可能赔也可能赚”的。为什么只有年轻的投稿人理直气壮地要求自己的作品成为铅字？人生的苦难千重，严重得要命的情况也不知要遇上多少次。生意场上、实验室里、外交场合，安详的表面下潜伏着长年的生死之争。每一类的成功者都有其身经百劫的疤痕，而年轻的你却为一篇退稿陷入低潮？

记得大一那年，由于没有钱寄稿（虽然，稿件视同印刷品，可以半价——唉，邮局真够意思，没发表的稿子他们也视同印刷品呢！——可惜我当时连这半价邮费也付不出啊！）于是每天亲自送稿，每天把一番心血交给门口警卫以后便很不好意思地悄悄走开——我说每天，并没有记错，因为少年的心易感，无一事无一物不可记录成文，每天一篇毫不困难。胡适当年责备少年人“无病呻吟”，其实少年在呻吟时未必无病，只因生命资历浅，不知如何把话删削到只剩下“深刻”，遭人退稿也是活该。我每天送稿，因此每天也就可以很准确地收到二天前的退稿，日子竟过得非常有规律起来，投稿和退稿对我而言就像有“动脉”就有“静脉”一般，是合乎自然定律的事情。

如果看到几篇稿子回航就令你沮丧消沉——年轻人，请听我张狂的大笑吧！一个怕退稿的人可怎么去面对冲锋陷阵的人生呢？退稿的灾难只是一滴水一粒尘的灾难，人生的灾难才叫排山倒海呢，碰到退稿也要沮丧——快别笑死人了，所以说，对我而言，你问我的问题不算“问题”，只算“笑话”，投稿投不中有什么大不了！如果你连这不算事情的事也发愁，你这一生岂不愁死？

传统中文系的教育很多人视之为写作的毒药，奇怪的是对我而言，它却给了我一些更坚实的基础。文字训诂之学，如果你肯去了解它，其间自有不能不令人动容的中国美学，声韵学亦然。知识本身虽未必有感性，但那份枯索严肃亦如冬日，繁华落尽处自有无限生机。和一些有成就的学者相比，我读的书不算多，但我自信每读一书于我皆有增益。读《论语》，于我竟有不胜低回之致；读史书，更觉页页行行都该标上惊叹号。世上既无一本书能教人完全学会写作，也无一本书完全于写作无益。就连看一本烂书，也算负面教材，也令我怵然自惕，知道自己以后为文万不可如此骄奢昏昧，不知所云。

有一天，在别人的车尾上看到“独身贵族”四个大字，当下失笑，很想在自己车尾上也标上“已婚平民”四个字。其实，人一结婚，便已堕入平民阶级，一旦生子，几乎成了“贱民”，生活中种种烦琐吃力处，只好一肩担了。平民是难有闲暇的，我因而不能有充裕的写作时间，但我也因而了解升斗小民在庸庸碌碌、乏善可陈生活背后的尊严，我因怀胎和乳养的过程，而能确实怀有“彼亦人子也”的认同态度，我甚至很自然地用一种霸道的母性心情去关爱我们的环境和大地。我人格的成熟是由于我当了母亲，我的写作如果日有臻进，也是基于同样的缘故。

你看，你只问了我一个简单的问题，而我，却为你讲了我的半生。文章千古事，得失寸心知，记得旅行印度的时候，看到有些小女孩在编丝质地毯，解释者说：必须从幼年就学起，这时她们的指头细柔，可以打最细最精致的结子，有些毯子要花掉一个女孩一生的时间呢！文学的编织也是如此一生一世吧？这世上没有什么不是一生一世的，要做英雄、要做学者、要做诗人、要做情人，所要付出的代价不多不少，只是一生一世，只是生死以之。

我，回答了你的问题吗？

给我一个解释

一

后来，就再也没有见过那么美丽的石榴。石榴装在麻包里，由乡下亲戚扛了来。石榴在桌上滚落出来，浑圆艳红，微微有些霜溜过的老涩，轻轻一碰就要爆裂。爆裂以后则恍如什么大盗的私囊，里面紧紧裹着密密实实的、闪烁生光的珠宝粒子。

那时我五岁，住南京，那石榴对我而言是故乡徐州的颜色，一生一世不能忘记。

和石榴一样难忘的是乡亲讲的一个故事，那人口才似乎不好，但故事却令人难忘："从前，有对兄弟，哥哥老是会说大话，说多了，也没人肯信了，但他兄弟人好，老是替哥哥打圆场。有一次，他说：'你们大概从来没有看过刮这么大的风——把我家的井都刮到篱笆外头去啦！'大家不信，弟弟说：'不错，风真的很大，但不是把井刮到篱笆外头去了，是把篱笆刮到井里头来！'"

我偏着小头，听这离奇的兄弟，自己也不知道自己被什么所感动。只觉得心头沉甸甸的，跟装满美丽石榴的麻包似的，竟怎么也忘不了那故事里活龙活现的两兄弟。

四十年来家国，八千里地山河，那故事一直尾随我，连同那美丽如神话如魔术的石榴，全是我童年时代好得介乎虚实之间的东西。

四十年后，我才知道，当年感动我的是什么——是那弟弟娓娓的解释，那言语间有委屈、有温柔、有慈怜和悲悯。或者，照儒者的说法，是有恕道。

长大以后，又听到另一个故事，讲的是几个人在联句（或谓其中主角乃清代画家金冬心），为了凑韵脚，有人居然冒出一句“飞来柳絮片片红”的句子。大家面面相觑，不知此人为何如此没常识，天下柳絮当然都是“白”的，但白不押韵，奈何？解围的才子出面了，他为那人在前面凑加了一句，“夕阳返照桃花渡”，那柳絮便立刻红得有道理了。我每想及这样的诗境，便不觉为其中的美感瞠目结舌。三月天，桃花渡口红霞烈山，一时天地皆朱，不知情的柳絮一头栽进去，当然也活该要跟万物红成一气。这样动人的句子，叫人不禁要俯身自视，怕自己也正站在夹岸桃花的落日夕照之间，怕自己的衣襟也不免沾上一片酒红。圣经上说：“爱心能遮过错”。在我看来，因爱而生的解释才能把事情美满化解。所谓化解不是没有是非，而是超越是非。就算有过错也因那善意的解释如明矾入井，遂令浊物沉淀，水质复归澄莹。

女儿天性浑厚，有一次，小学年纪的她对我说："你每次说五点回家，就会六点回来，说九点回家，结果就会十点回来——我后来想通了，原来你说的是出发的时间，路上一小时你忘了加进去。"

我听了，不知该说什么。我回家晚，并不是忘了计算路上的时间，而是因为我生性贪溺，贪读一页书、贪写一段文字、贪一段山色……而小女孩说得如此宽厚，简直是鲍叔牙。两千多年前的鲍叔牙似乎早已拿定主意，无论如何总要把管仲说成好人。两人合伙做生意，管仲多取利润，鲍叔牙说："他不是贪心——是因为他家穷。"管仲三次做官都给人辞了。鲍叔牙说："他不是不长进，是他一时运气不好。"管仲打三次仗，每次都败亡逃走，鲍叔牙说："不要骂他胆小鬼，他是因为家有老母。"鲍叔牙赢了，对于一个永远有本事把你解释成圣人的人，你只好自肃自策，把自己真的变成圣人。

物理学家可以说，给我一个支点，给我一根杠杆，我就可以把地球举起来——而我说，给我一个解释，我就可以再相信一次人世，我就可以接纳历史，我就可以义无反顾地拥抱这荒凉的城市。

二

"述而不作"，少年时代不明白孔子何以要做这种没有才气的选择，我却希望作而不述。但岁月流转，我终于明白，述，就是去悲悯、去认同、去解释。有了好的解释，宇宙为之端正，万物由而含情。一部希腊神话用丰富的想象解释了天地四时和风霜雨露。譬如说朝露，是某位希腊女神的清泪。月桂树，则被解释为阿波罗钟情的女子。

农神的女儿成了地府之神的妻子，天神宙斯裁定她每年可以回娘家六个月。女儿归宁，母亲大悦，土地便春回。女儿一回夫家，立刻草木摇落众芳歇，农神的恩宠也翻脸无情——季节就是这样来的。

而莫考来是平原女神和宙斯的儿子，是风神，他出世第一天便跑到阿波罗的牧场去偷了两头牛来吃（我们中国人叫“白云苍狗”，在希腊人却成了“白云肥牛”）——风神偷牛其实解释了白云经风一吹，便消失无踪的神秘诡异。

神话至少有一半是拿来解释宇宙大化和草木虫鱼的吧？如果人类不是那么偏爱解释，也许根本就不会产生神话。

而在中国，共工与颛顼争帝，怒而触不周之山，在一番“折天柱、绝地维”之后（是回忆古代的一次大地震吗？），发生了“天倾西北，地陷东南”的局面。天倾西北，所以星星多半滑到那里去了，地陷东南，所以长江黄河便一路向东入海。

而埃及的沙碛上，至今屹立着人面狮身的巨像，中国早期的西王母则“其状如人，豹尾、虎齿，穴处”。女娲也不免“人面蛇身”。这些传说解释起来都透露出人类小小的悲伤，大约古人对自己的“头部”是满意的，至于这副躯体，他们却多少感到自卑。于是最早的器官移植便完成了，他们把人头下面接了狮子、老虎或蛇鸟什么的。说这些故事的人恐怕是第一批同时为人类的极限自悼，而又为人类的敏慧自豪的人吧?

而钱塘江的狂涛，据说只由于伍子胥那千年难平的憾恨。雅致的斑竹，全是妻子哭亡夫洒下的泪水……

解释，这件事真令我入迷。

三

有一次，走在大英博物馆里看东西，而这大英博物馆，由于是大英帝国全盛时期搜刮来的，几乎无所不藏。书画古玩固然多，连木乃伊也列成军队一般，供人检阅。木乃伊还好，毕竟是密封的，不料走着走着，居然看到一具枯尸，赫然扒在玻璃橱里。浅色的头发，仍连着头皮，头皮绽处，露出白得无辜的头骨。这人还有个奇异的外号叫“姜”，大概兼指他姜黄的肤色，和干皴如姜块的形貌吧！这人当时是采西亚一带的砂葬，热砂和大漠阳光把他封存了四千年，他便如此简单明了地完成了不朽，不必借助事前的金缕玉衣，也不必事后塑起金身——这具尸体，他只是安静地趴在那里，便已不朽，真不可思议。

但对于这具尸体的“屈身葬”，身为汉人，却不免有几分想不通。对于汉人来说，“两腿一伸”就是死亡的代用语，死了，当然得直挺挺地躺着才对。及至回来，偶然翻阅一篇人类学的文章，内中提到屈身葬。那段解释不知为何令人落泪，文章里说：“有些民族所以采用屈身葬，是因为他们认为死亡而埋入土里，恰如婴儿重归母胎，胎儿既然在子宫中是屈身，人死入土亦当屈身。”我于是想起大英博物馆中那不知名的西亚男子，我想起在兰屿雅美人的葬地里一代代的死者，啊——原来他们都在回归母体。我想起我自己，睡觉时也偏爱“睡如弓”的姿势，冬夜里，尤其喜欢蜷曲如一只虾米的安全感。多亏那篇文章的一番解释，这以后我再看到屈身葬的民族，不会觉得他们“死得离奇”，反而觉得无限亲切——只因他们比我们更像大地慈母的孩子。

四

神话退位以后，科学所做的事仍然还是不断地解释。何以有四季？他们说，因为地球的轴心跟太阳成23度半的倾斜，原来地球恰似一侧媚的女子，绝不肯直瞪着看太阳，她只用眼角余光斜斜一扫，便享尽太阳的恩宠。何以有天际彩虹，只因为有万千雨珠一一折射了日头的光彩，至于潮汐呢？那是月亮一次次致命的骚扰所引起的亢奋和委顿。还有甜沁的母乳为什么那么准确无误地随着婴儿出世而开始分泌呢（无论孩子多么早产或晚产）？那是落盘以后，自有讯号传回，通知乳腺开始泌乳……科学其实只是一个执拗的孩子，对每一件事物好奇，并且不管死活地一路追问下去……每一项科学提出的答案，我都觉得应该洗手焚香，才能翻开阅读，其间吉光片羽，都是天机乍泄。科学提供宇宙间一切天工的高度业务机密，这机密本不该让我们凡夫俗子窥视知晓，所以我每聆到一则生物的或生理的科学知识，总觉得敬慎凛栗，心悦诚服。

诗人的角色，每每也负责作“歪打正着”式的解释，“何处合成愁？”宋朝的吴文英作了成分分析后，宣称那是来自“离人心上秋”。东坡也提过“春色三分，二分尘土，一分流水”的解释，说得简直跟数学一样精准。那无可奈何的落花，三分之二归回了大地，三分之一逐水而去。元人小令为某个不爱写信的男子的辩解也煞为有趣：“不是不相思，不是无才思，绕清江，买不得天样纸。”这寥寥几句，已足令人心醉，试想那人之所以尚未修书，只因觉得必须买到一张跟天一样大的纸才够写他的无限情肠啊！

五

除了神话和诗，红尘素居，诸事碌碌中，更不免需要一番解释了，记得多年前，有次请人到家里屋顶阳台上种一棵树兰，并且事先说好了，不活包退费的。我付了钱，小小的树兰便栽在花圃正中间。一个礼拜后，它却死了。我对阳台上一片芬芳的期待算是彻底破灭了。

我去找那花匠，他到现场验了树尸，我向他保证自己浇的水既不多也不少，绝对不敢造次。他对着夭折的树苗偏着头呆看了半天，语调悲伤地说：

“可是，太太，它是一棵树啊！树为什么会死，理由多得很呢——譬如说，它原来是朝这方向种的，你把它拔起来，转了一个方向再种，它可能就要死！这有什么办法呢？”

他的话不知触动了我什么，我竟放弃退费的约定，一言不发地让他走了。

大约，忽然之间，他的解释让我同意，树也是一种自主的生命，它可以同时拥有活下去以及不要活下去的权利，虽然也许只是调了一个方向，但它就是无法活下去，不是有的人也是如此吗？我们可以到工厂里去订购一定容量的瓶子，一定尺码的衬衫，生命却不容你如此订购的啊！

以后，每次走过别人墙头冒出来的，花香如沸的树兰，微微的失望里我总想起那花匠悲冷的声音。我想我总是肯同意别人的——只要给我一个好解释。

至于孩子小的时候，做母亲的糊里糊涂地便已就任了“解释者”的职位。记得小男孩初入幼稚园，穿着粉红色的小围兜来问我，为什么他的围兜是这种颜色。我说“因为你们正像玫瑰花瓣一样可爱呀！”“那中班为什么穿蓝兜？”“蓝色是天空的颜色，蓝色又高又亮啊！”“白围兜呢？大班穿白围兜。”“白，就像天上的白云，是很干净很纯洁的意思。”他忽然开心地笑了，表情竟是惊喜，似乎没料到小小围兜里居然藏着那么多的神秘。我也吓了一跳，原来孩子要的只是那么少，只要一番小小的道理，就算信口说的，就够他着迷好几个月了。

十几年过去了，午夜灯下，那小男孩用当年玩积木的手在探索分子的结构。黑白小球结成奇异诡秘的勾连，像一扎紧紧的玫瑰花束，又像一篇布局繁复却条理井然无懈可击的小说。

“这是正十二面烷。”他说，我惊讶这模拟的小球竟如此匀称优雅，黑球代表碳、白球代表氢，二者的盈虚消长便也算物华天宝了。

“这是赫素烯。”

“这是……”

我满心感激，上天何其厚我，那个曾要求我把整个世界一一解释给他听的小男孩，现在居然用他化学方面的专业知识向我解释我所不了解的另一个世界。

如果有一天，我因生命衰竭而向上天祈求一两年额外加签的岁月，其目的无非是让我回首再看一看这可惊可叹的山川和人世。能多看它们一眼，便能多用悲壮的、虽注定失败却仍不肯放弃的努力再解释它们一次。并且也欣喜地看到人如何用智慧、用言词、用弦管、用丹青、用静穆、用爱，一一对这世界做其圆融的解释。

是的，物理学家可以说，给我一个支点，给我一根杠杆，我就可以把地球举起来——而我说，给我一个解释，我就可以再相信一次人世，我就可以接纳历史，我就可以义无反顾地拥抱这荒凉的城市。

我不知道怎样回答

儿子七岁了，忽然出奇地想建树他自己。有一天，我要他去洗手，他拒绝了。

“我为什么要洗手？”

“洗手可以干净。”

“干净又怎么样？不干净又怎么样？”他抬起调皮的晶亮眼睛。

“干净的孩子才有人喜欢。”

“有人喜欢又怎么样？没有人喜欢又怎么样？”

“有人喜欢才能找个女朋友啊！”

“有女朋友又怎么样？没有女朋友又怎么样？”

“有女朋友才能结婚啊！”

“结婚又怎么样？不结婚又怎么样？”

“结婚才能生小娃娃，妈妈才有孙子抱哪！”

“有孙子又怎么样？没有孙子又怎么样？”

我知道他简直为他自己所发现的句子构造而着迷了。我知道那只是小儿的戏语，但也不由得不感到一阵生命的悲凉。我对他说：

“不怎么样！”

“不怎么样又怎么样？怎么样又怎么样？”

我在瞠目中感到一阵敬意。他在成长，他在强烈地想要建树起自己的次序和价值。

我感到一种生命深处的感动。

虽然我不知道怎样回答他的问题，虽然我不知道用什么方法使一个小男孩喜欢洗手，但有一件事我们彼此都知道：我仍然爱他，他仍然爱我。我们之间仍然有无穷的信任和尊重。

那人在看画

那人在看画——这件事并不奇怪，每天，全省各地画廊里，成千的画作挂在那里，成万的观众前来看画。

他在看画，我，在看他。他的额头特别凸出，所以，在他倾身看画的时候，额头都几乎要碰到画上去了。

他看画的表情显然是喜悦的，喜悦中他左顾右盼，和在场乡亲打招呼，并且微微有几分羞涩。在他背后，几张小桌拼成一条大桌，桌上放些茶点，许多人围在那里，算是画展的开幕酒会，但这位观画人对茶点不感兴趣，他只定定地望着那幅画出神。

别的画，他似乎也看，但他至终还是回到这幅画前。

屋子里，人如潮水，一波又一波。

这里是一个美丽的客家山乡，画展，便是在当地的小学教室举行，我平生还没见过画展在教室里办的事，不免觉得新鲜。教室里只有初夏焊烈明亮的阳光，投射灯，则一支也没有，但在阳光下看画也自有其妩媚处。

大桌子上的酒会食品也有点奇怪，不是惯见的鸡尾酒或洋芋片，而是仙草冰和些客家点心。蝉，在窗外的大树上鸣叫。

那人还在看画，画沿着教室周边挂着，每幅画几乎都是以大片的绿色构成，仿佛学校外面那大片大片的农地一时延伸到这间教室里面来了。

唯一不同的是，校外的农田千里一色，在南风中醺然如醉。画中的绿却极富变化，有些是初春耙地，有些是施肥薅草，有些是打取谷粒……

古代有人跟着皇帝身边记载他二十四小时的生活，叫“实录”，而这位乡土画家却亦步亦趋地跟着稻禾做它终生的忠实记录，他所画的，正是一部“稻子实录”。

和政治上的实录相比，稻子实录可爱多了。

我走近那看画人，想跟他说几句话，这时，旁边刚好走来一个农妇（啊，至于我为什么判断她是一个农妇，这句话却也一时说不清，可能由于她的动作，也可能由于她的肤色或音量），她忽然对着我大声说：

“呀，你看，你看，这画的，就是他啦！”

我一惊，才发觉那幅画中站在田里拔除稗子的农夫，的确也是个额头凸凸的汉子。两相对照，画中人和看画人竟像一对双胞胎，而两个凸脑壳又几乎要亲热地互相碰撞了。

我这才明白，这人为什么一直微笑着，趑趄不去，他听说自己被画了，被展了，他来看他自己。

啊，我忽然羡慕起那画家来，他画的是他身边的耕作者。农人耕田，他耕画布，而他的画中人可以跑来看他自己，这比古代叶公画龙好多了，龙是不会跑到画布前来重新审视自己的。

能有自己的土地，能有故乡，能有可以入画的老乡亲，能有值得记录的汗水对一个画家而言，还有什么更幸运的事？

摇动过，但依然是我的土地

“黄来了，新加坡的黄，你记得吗？我们也许明天请他吃饭聊聊。”丈夫跟我说这句话是在晚餐的时候。

每次去新马，黄都把我的安适看成他的责任，三年不见，不知他怎么样了。但我也来不及想他，晚饭后睡了一觉，十二点起来赶稿。老朋友逼着要，躲不掉的。

那篇稿写的是台湾，写的时候自己几乎要笑出来，一所秀朗小学比南太平洋的小岛国“诺鲁”要大好多倍哩！那个国家真是人丁不旺，总共才八千零四十二人；吐瓦鲁也好不到哪里去，才一万人，我们一所秀朗小学就够成立好几个国家了。

但高山上那只有一两个学生的小学也很动人，一切的教室、教学设备、师资仍然一丝不苟，只为对那一两个孩子有所预期，只为了让每个幼小者都能有学习的惊喜。写着写着，又写到玉山，写到国家公园。四点钟，女儿也起来了，我们各据餐桌一方，互不说话，认真忙自己的“功课”。

五点了，我去找录音机，打算把杂乱的稿子念一遍，供人誊抄。一站起来，只觉地覆天翻，女儿叫起来，我拉她躲在餐桌下面，那经验又恐惧又好玩。我们母女从来还不会如此鼻子贴鼻子地蹲在桌子底下哩！即使在她极幼小的时候也不曾；家中两个男生也爬起来了，家里闹嚷一片，像除夕夜。

我六点躺下，把闹钟拨到七点，因为八点有课，整个过程里我只能说，上帝，别开玩笑，我们禁不起这样乱摇，我这一夜累坏了，我没有时间去“被震”啊！不管怎么样，我要先睡一个钟头。

第二天，丈夫回来，依然是晚餐时分，他说：

“黄走啦，不用请客了，他吓坏了，原来是明天的机票，他硬去换成今天的，我请人去送他，你猜怎么样？机场里人山人海，都是观光客，都是给地震吓倒的，一个个嚷着要立刻划票回家。”

我一面听他说，一面试图从玻璃瓶里取出今年第一批做的芥菜心来尝，芥菜心独有的辣味直冲，我忍住眼泪。

奇怪啊，地震的时候我其实也是怕的，却打死也万万想不到离台的念头，当时只一心等地震过去，好赶快爬出来修改不甚满意的底稿。间或摇得太不像话的时候，就从心里跟上帝顶顶嘴，表示异议。摇得更厉害的时候干脆把心一横，搂着女儿对自己说：“好家伙，死就死吧，这辈子活得也不枉了，怕什么？”

因为是自己的土地，因为是自己的天空，因为不是观光客，所以地动天摇的时候，心情无论如何惊惧，仍然拿脚跟踩住这块地，仍然用头颅顶着这片天。就算死，千年后，有人从劫灰中掘出成尘的你我，我们的骨血仍然饱含着今夜的月光，仍然化验得出本土的泥屑。

事后检点门户，最重要的损失是一只瓮，它倒在地下，裂了，水流得满地，我把植物拿起来，破片收好，丈夫把水擦得半干——反正剩下的它自己会干的。这一切都是在凌晨前赶睡一小时早觉之前做好的。

我睡在床上，犹在盘想，明天要去找一罐树脂，把跌破的瓮仔细粘了，粘好以后当然不能再放水来养植物了，那也无妨，破瓷还是可以插点枯枝或干花的，学校后山上的箕芒，冬天来了会干得很好看，有空可以摘一把回来……好困，但仍在有一搭没一搭地想那只瓮……这是我的地盘，摇过震过，而且难保明天不继续摇撼，但它是我唯一的爱，我从来无法把它跟别的土地放在一起来选择，余震似乎犹在，明天我会去补那只瓮……我终于理由充足地睡着了。

不朽的失眠

——写给没考好的考生

他落榜了！一千二百年前。榜纸那么大那么长，然而，就是没有他的名字。啊！竟单单容不下他的名字“张继”那两个字。

考中的人，姓名一笔一画写在榜单上，天下皆知。奇怪的是，在他的感觉里，考不上，才更是天下皆知，这件事，令他羞惭沮丧。

离开京城吧！议好了价，他踏上小舟。本来预期的情节不是这样的，本来也许有插花游街、马蹄轻疾的风流，有衣锦还乡袍笏加身的荣耀。然而，寒窗十年，虽有他的悬梁刺股，琼林宴上，却并没有他的一角席次。

船行似风。

江枫如火，在岸上举着冷冷的熠焰，这天黄昏，船，来到了苏州。但，这美丽的古城，对张继而言，也无非是另一个触动愁情的地方。

如果说白天有什么该做的事，对一个读书人而言，就是读书吧！夜晚呢？夜晚该睡觉以便养足精神第二天再读。然而，今夜是一个忧伤的夜晚。今夜，在异乡，在江畔，在秋冷雁高的季节，容许一个落魄的士子放肆他的忧伤。江水，可以无限度地收纳古往今来一切不顺遂之人的泪水。

这样的夜晚，残酷地坐着，亲自听自己的心正被什么东西啮食而一分一分消失的声音。并且眼睁睁地看自己的生命如劲风中的残灯，所有的力气都花在抗拒，油快尽了，微火每一刹那都可能熄灭。然而，可恨的是，终其一生，它都不曾华美灿烂过啊！

江水睡了，船睡了，船家睡了，岸上的人也睡了。唯有他，张继，睡不着夜愈深，愈清醒，清醒如败叶落余的枯树，似梁燕飞去的空巢。

起先，是睡眠排拒的他（也罢，这半生，不是处处都遭排拒吗？），而后，是他在赌气，好，无眠就无眠，长夜独醒，就干脆彻底来为自己验伤，有何不可？

月亮西斜了，一副意兴阑珊的样子。有鸟啼，粗嗄嘶哑，是乌鸦。那月亮被它一声声叫得更黯淡了。江岸上，想已霜结千草。夜空里，星子亦如清霜，一粒粒冷绝凄绝。

在须角在眉梢，他感觉，似乎也森然生凉，那阴阴不怀好意的凉气啊，正等待凝成早秋的霜花，来贴缀他惨绿少年的容颜。

江上渔火二三，他们在干什么？在捕鱼吧？或者，虾？他们也会有撒空网的时候吗？世路艰辛啊！即使潇洒的捕鱼人，也不免投身在风波里吧？

然而，能辛苦工作，也是一项幸福呢！今夜，月自光其光，霜自冷其冷，安心的人在安眠，工作的人去工作，只有我张继，是天不管地不收的一个，是既没有权利去工作，也没福气去睡眠的一个……

钟声响了，这奇怪的深夜的寒山寺钟声。一般寺庙，都是暮鼓晨钟，寒山寺庙敲“夜半钟”，用以惊世。钟声贴着水面传来，在别人，那声音只是睡梦中模糊的衬底音乐。在他，却一记一记都撞击在心坎上，正中要害。钟声那么美丽，但钟声自己到底是痛还是不痛呢？既然失眠，他推枕而起，摸黑写下“枫桥夜泊”四字。然后，就把其余二十八字照抄下来。我说“照抄”，是因为那二十八个字在他心底已像白墙上的黑字一样分明凸显：

月落乌啼霜满天，江枫渔火对愁眠。

姑苏城外寒山寺，夜半钟声到客船。

感谢上苍，如果没有落第的张继，诗的历史上便少了一首好诗，我们的某一种心情，就没有人来为我们一语道破。

一千二百年过去了，那张长长的榜单上（就是张继挤不进去的那纸金榜），曾经出现过的状元是谁？哈！谁管他是谁？真正被记得的名字是“落第者张继”。有人会记得那一届状元披红游街的盛景吗？不！我们只记得秋夜的客船上那个失意的人，以及他那场不朽的失眠。